楊君潛主編

愛群詩選

第一集

楊蓁敬署

己亥年臘月
萬卷樓刊本

愛群詩詞班全體合影

（二〇一九年七月十二日攝於臺北市藝文推廣處）

愛群詩選 第一集 目錄

田福淑

周忻恩

林景重

唐謨國

孫晉卿

詞選

耿培生

詩選

張柏根

陳曼麗

詩選

詞選

鐘選

聯選

陳領寶

詩選

陳獻宗

詞選

聯選

葉武勳

詩選

蔡久義

鄭崇武

詩選

詞選

蕭鼎三

詩選

詞選

鐘選

聯選

蘇東坡

詩選

顧健民

楊序

楊君潛

《禮記．學記》說：「不學博依，不能安詩。」「博依」是什麼？就是廣設譬喻。詩多比物起興，故學詩者，不能廣泛應用譬喻，則不能安善其詩學。

本班教學，將詩分為二十四類。依序：天文、地理、時令、寺觀、居室、集會、慶弔、遊眺、人事、人物、文事、武備、閨閣、器用、寶飾、技藝、音樂、花木、鳥獸、魚蟲、農牧、漁樵、飲食及詠史等。每月學一類，二年則畢學二十四類。然後周而復始，循環不息。每類教學之初，蒐羅經、史、子、集相關典故，供引喻使用。俾充實作品內容，提高作品水準。則舉凡天地人事之變遷，與草木鳥獸之名稱等，都能知幾識微，興懷嘯詠，這就不是一般詩人所能做得到的。

詞，濫觴於唐末，興於五代，盛於兩宋，元、明式微，至清復勃然復興，駸駸於宋代。鼎革以還，風力未寢。大陸中央政府詩詞總會鼓吹，各地方政府設分會以響應。自是達官顯貴，士大夫之流，皆擅此道。流風所被，名門閨秀，工詞者日多，盛況空前。

詞以五十八字以內為小令，五十九字至九十字為中調，九十一字以外為長調。本班教學，以小令為主。每月教一詞牌，每一詞牌，都有「題考」及「作法」的說明。並列舉歷代類似名作約十闋，讓學生們研讀。每人得塡同詞牌的詞二闋。由於小令易作難工，就是因爲易作，故大家興趣高昂，認眞學習。

詩鐘講究對仗，其要求視詩爲嚴。譬如說：「杜甫」對「東坡」，於詩則佳矣，於鐘則未工；「三重」對「淡水」，於詩則佳矣，於鐘則未工。必也如「文信國」對「武鄉侯」；「姜白石」對「李青蓮」；「趙甌北」對「陸劍南」；「萬里」對「雙溪」。才銖兩悉稱，四平八穩。其難若此，是使人富於萬篇，猶窮於一字。然則，工於詩鐘，就能打通律詩、楹聯的任督兩脈，其功能有至於此者。本班每月都有鐘課，自一唱至七唱，循環創作，學生們愈作愈有興趣，效果豐碩。

對聯是我國文學的一種特殊作品，在世界各國是獨一無二的。因爲西洋用的是拼音字母，每個單字是由若干字母構成。又習慣於橫寫，自然無法形成對聯。唯獨我國文字是單字單形，用來聯接對偶，極爲方便。且慣於直寫，於是有對聯的產生。我們應該好好珍惜，並加以發揚光大。本班教作對聯，採分類方式，比如題玉山，則網羅古今題名山的聯語，讓同學們比物醜類，作出美好的作品，以此類推。

詩、詞、鐘、聯的創作，俱能得心應手，「使仲尼考鍛其旨要，尙不知貴其多乎哉！」元稹讚杜甫 欲求「沒世而名不稱焉。」孔子語 不可得也。

吳序

吳朝滄

唐詩宋詞，是我們中華民族的文學瑰寶，它短小精悍，格律鏗鏘。意境優美，味道醇厚。吟誦朗朗上口，眞教人喜歡！

由於寫書法的緣故，我更是離不開李白、杜甫、王維等等千古傳唱，家喻戶曉的詩句，久了還興起自作的念頭。

但是對不通格律的人來說，作詩談何容易？於是尋求老師的教授，在這數年過程中，轉益多師，漸入情況。尤其在去年秋季，得遇明師楊君潛，一年來，解我長久之困，茅塞頓開也！

楊君潛老師，號柳園，一九三七年生，宜蘭人。曾任中華民國古典詩研究社理事長、現任春人詩社社長、中華詩學研究會常務理事。二〇〇一年獲臺北市公車暨捷運詩文徵選佳作獎、二〇〇四年獲教育部文藝創作優選獎、二〇〇八年獲蘭陽文學獎、二〇一一年獲臺北文學獎，並獲南投縣政府「詩詠日月潭」全國徵詩第一名。著有《柳園詩話》、《讀書絕句三百首》、《柳園聯語》、《柳園攀桂集》及《柳園紀遊吟稿》等。

爲昌明詩學，弘揚詩教，中華詩學研究會、中華民國古典詩研究社、大漢詩社與中華嵒廬書法學會在臺北市藝文推廣處，共同舉辦「愛群詩詞學習班」，聘請楊君潛老師執教。

年逾八旬的楊老師，詩學滿腹，臺上嚴謹而親切，讓人如沐春風！臺下臥虎藏龍，百歲人瑞唐譔國先生和八旬長者十數位都列坐前段，人數半百，坐滿課堂，洋溢一遍「優美文化終身學習」的好風景！

學詩需有一套方法；方法對，就能迅速收效。楊老師將古今律絕詩名作，以分類方式，分析平仄和押韻，詳加註釋並講解其章法。並在每節課程結束後利用「詩課」使同學得以模仿詩選，再加以潤飾，以每位學生都能學會創作古典詩詞爲目標。詩詞創作優秀作品由授課教師推薦，刊登於《中華詩學雜誌》、《古典詩刊》及《大漢書藝》等。

學詩之初，我真的不會去表達內心真實的感受，自己好像沒有什麼想法，看到別人寫，覺得挺有意思。然後就照葫蘆畫瓢，一味地去模仿詩友，模仿古人，胡寫一氣。造情設景，無病呻吟，屢屢如此。

但隨著時間的推移，學過一段時間以後，有了些進步，懂得了更多的寫作技巧和方法，甚至要強迫自己沉下心來，問問自己的心底，我到底想說些什麼，怎樣才能表達自己心底最眞實的感受。沒有眞情實感的詩，是無法感染他人的。眞情實感，說來容易，其實做起來也很難，尤其用詩詞這種方式來表達就更難，因爲有格律限制，往往遵守了格律，意思跑了；意思到了，又失律了。雖然不容易，也要在眞情上下功夫。所以說，文學作品來源於生活，但要高於生活，詩詞更是如此。

欣聞本班將出版詩集，在楊老師的指導下，精選每位學員的作品編輯成冊，一則互相觀摩學習，再則永久記錄大家的成果，極具意義。聊以所感爲序，尚祈先進賜教。

吳朝滄　中華巹盧書法學會理事長

編輯弁言

一　本集定名爲《群詩選》（第一集）。

二　本集編排係按作者姓氏筆畫爲序，同姓再按名之筆畫循序排列。

三　本集每位作者所佔篇幅、詩、詞、鐘、聯合計，以四版左右爲度。

四　本集印費，係由吳朝滄理事長、楊蓁同學各贊助五千元、蕭鼎三、林景重等兩位同學各贊助三千元，餘由參與同學分擔。

五　本集參與同學共有二十八位，計得詩一八二首，詞一五九闋，鐘九十九副，聯六十二對，合計五〇二首。

六　本集編輯小組依齒序爲：楊　蓁、蔡久義、顧健民、蘇東坡、周忻恩、張秋梅等六位。

七　本集初版伍佰冊，除分發同學外，餘則分寄海內外圖書館及各詩社珍存，以廣流傳。

仇符瑞

高中英文老師退休，抱持「活到老，學到老」的信念，投入書法、詩詞研習，彌補在職忙碌生活中，無暇顧及的興趣。參加愛群詩詞班後，在楊老師悉心教導下，與一群同好相互切磋鑽研，收穫良多，又在老師強力要求及鼓勵下，嘗試創作，享受在「做中學」的樂趣！

詩選

梅花

暗香浮動入簾櫳，玉骨冰肌傲雪中。月下孤芳疏影落，巡簷索笑菘逋翁。

詠鶴

絳頂霜翎翩舞罷，蒼松佇足騁懷觀。翛然振翮沖天去，高處憐渠未畏寒。

勸農

雨潤田中布穀催，農夫叱犢把犁推。金秋稻穗迎風稔，樂利民生賴稼栽。

詞選

長相思——怨

命難違。命難依。陰雨綿綿悲苦悕。悔知君性威。　雨霏霏。淚霏霏。窗外斜風飄雨微。淒涼深閉扉。

憶江南

臺灣好，溫暖四時春。果菜魚蝦香稻稔，青山綠水俗風淳。能不戀紅塵？

鐘選

人　天（三唱）

天從人願結連理，地老天荒不了情。

先　覺（五唱）

惹非惹事先開口，爲哲爲愚覺在心。

秋　月（四唱）

萬里金秋桂花綻，一輪銀月雁兒歸。

遠　新（六唱）

切磋同好生新意，互助近鄰勝遠親。

聯選

題史可法祠

忠烈一生全大節，興亡千載有餘哀。

題萬華龍山寺

龍蟠艋舺香煙盛，山現觀音甘露滋。

王美子

國立臺北教育大學畢業，新北市網溪國小退休，曾任國語日報作文組教師。於國內外書畫聯展多次，個展二次，全國書法比賽佳作，國畫得日本書道展大賞，乙未年參加全國古典詩比賽榮獲第一名。平生愛好詩、書、畫，經常在《中國古典詩刊》及《中華詩學》、「中華世紀書畫協會」發表古典詩，《藝文季刊》發表散文。現任中華世紀書畫協會常務監事及五處書畫協會理監事。著有《文心詩集》一書。

詩選

月下

今宵皓月照柔光，天下渾疑銀瀉妝。坐對清輝懷舊侶，嬋娟千里幾回望。

春寒

今朝晴霽春熙暖，昨夜擁衾霏雨零。遮莫風雲時變幻，我勤針黹自心寧。

春暖

春暖花開鳥雀鳴，和風淡蕩碧雲輕。池中錦鯉昂頭樂，一片融光水曲生。

望雲

多端變化晴而雨，俯視塵間陋又花。莫羨自由來復去，倩誰主宰始安家。

淡江夕照

邀朋共賞好風光，淡水霞飛美夕陽。天上蜃樓觀不盡，忽然拾得妙文章。

賽神

敲鑼打鼓迎神座，賽會歡騰人擠人。民俗風情固可愛，莫忘時代日趨新。

臨帖

手寫心追學臨帖，朝朝揮灑樂忘疲。起先動念知趨向，持久欣看妙境隨。

其二

發揚文化臨碑帖，篆隸行楷見韻神。氣勢萬千憑腕力，工夫勤練自成眞。

聽潮

颱風薄海洶洶湧，震耳驚濤駭浪聲。氣勢喧豗奔萬馬，雄威起伏躍千鯨。

似雷霹靂喪人膽，疑陸沉淪眩客睛。萬派捲灘聲未歇，潰堤吼叫不勝驚。

詞選

長相思

女兒英。盲目行。思苦年年憶所生。所生痛撫膺。　日魂縈。夜夢縈。說到相思無益成。難拋骨肉情。

註：「所生」，謂己身所自生也，即父母。《詩・小雅・小宛》：「夙興夜寐，毋忝爾所生。」

菩薩蠻——同學會懷舊

六十週年同學會。載忻載忭回東大。緩步漫扶鳩。環瞻盡大樓。　舊垣今不見。新生齊豹變。紀念冊彌珍。相看笑語親。

註：「豹變」，《易經・革卦》：「君子豹變，其文蔚也。」

憶江南

江南好，景色似天堂。荷葉柳枝相掩映，車如流水馬騰驤。何日再徜徉。

攤破浣溪沙——詠茶花

花綻香凝月下逢。清輝掩映舞秋風。更有皚皚白萼放，豔濃叢。　霜降枝尤窺麗色，雨淋葉愈見腴豐。恰似閨中一少婦，態雍容。

鐘選

中華（一唱）

華實不符身自矮，中庸有道格彌高。

詩畫（六唱）

鬢毛未白非詩客，爐火純青是畫家。

聯選

抒懷聯

詩自心思興起，詞從靈感飛來。

書房聯

詩畫長存，雙絕謳歌天下士；利名虛幻，幾時喚醒夢中人。

其二

多讀詩書，人情即練達；平常節儉，富貴自來臨。

其三

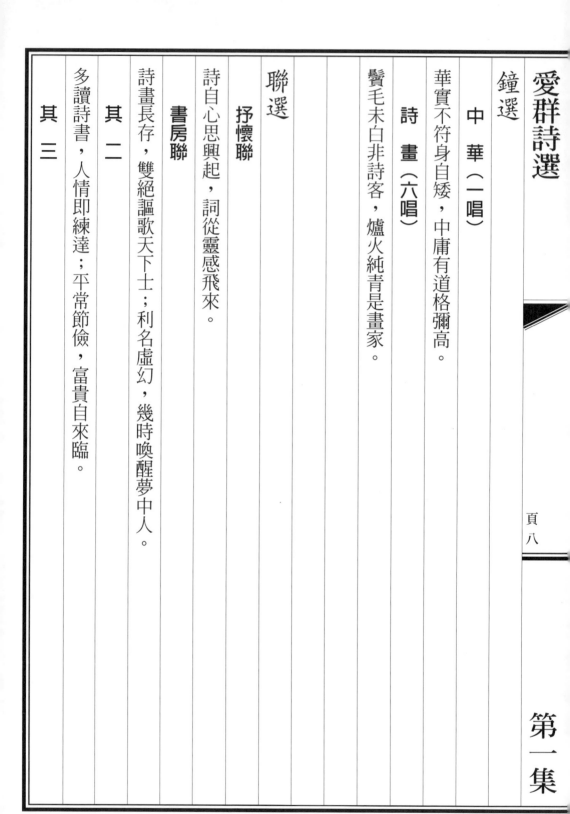

欲作律師，法書須格致；希求濟世，醫籍務窮研。

其　四

一事無成，心猿意馬；半生虛度，弄月吟風。

其　五

百廢俱興，工程浩大；小心做事，態度謙卑。

田福淑

以所學專長，進入金融界服務，數十年屢獲佳績至屆齡退休。爲策劃退休生涯，選擇練書法，學國畫，進而知書中要有情，畫中要有意，再研習古詩詞增添內涵，每日爲所選樂此不疲，應是老年不虛度。

詩選

除　夕（七言古風）

蟻浮三牲排桌上，燃燭焚香祭祖先。去年君爲主祭人，爾今座上君位前。綠章奏禱無明文，千言萬語聲難全。六十餘年相依伴，知否無言淚漣漣。

註：「綠章」，奏天之文。陸游〈春日花時遊遍諸家園〉詩：「綠章夜奏通明殿，乞借春陰護海棠。」

秋　山

不見霜楓不識秋，扶筇緩步上高邱。腳酸腿軟誰攙挽？前後觀瞻夢裡求。

詠　鶴

天生仙質鳳鸞從，衣縞裳玄展素容。莫謂細肢態柔弱，凌霄振翮翥雲衝。

臨帖

心畫歐蘇夙所崇，豎橫運筆不相同。臨摹千遍嗟難似，未解勤修傳世功。

選舉期

自古英雄創業艱，智謀其次義忠先。身強體壯容磨折，實踐言行契眾緣。

詞選

如夢令

秋夜雨瀟風驟。貢餅焚香祈佑。試問天衢人，未道人間依舊。知否？知否？應是嬋娟共覩。

其二

晨冷雨疏雲透。正是清明氣候。赴塔祭親人，供果奉花低首。知否？知否？無奈憂傷依舊。

其三

滿目櫻花紅透。疑彼藏身樹後。躊躇不前尋，祗畏夢消難受。難受。難受。已是日昇時候。

長相思

江水流。漢水流。流到漢陽古渡頭。龜山點點愁！　恨悠悠。思悠悠。恨到歸時仍未休。蟾輝黃鶴樓。

其二

雲曚曚。雨濛濛。晚至寒風吹幕絨。獨居寂寞中。　思無窮。夢亦空。地北天南怎可通。一年又屆終。

相見歡

開窗溽暑侵胸。月朦朧。寂寞、奚堪屋內影形空。　颱訊到。風呼嘯。雨聲隆。自是、人生素願天弗從。

浣溪沙——輓妹夫

夜夜挑燈更漏殘。終頒金榜外交官。績佳體壯不知難。　衛護橋胞常廢寢，劬勞國事幾忘餐。列強並立志方完。

憶江南

多少淚，午夜夢醒中。百日死生匆別過，滿心懷念那能終。伴我只颱風。

其二

江漢憶，城郭舊繁華。三國鼎持形勢壯，名區勝跡夥如麻。不見兒時家。

註：「江漢」名之來由，由長江水路至漢口市，必經「江漢關」入境。三國魏蜀吳在漢口（商業城），武昌（文化城），漢陽（工業城）各據一地，今稱「武漢」。

其三

夏夢醒，枕畔影形空。細語欲尋人已杳，仰望天際不相逢。難以遣哀衷。

擣練子

風蕭瑟，葉呈紅。攘往熙來老少童。永別所歡憂不寐。與前情景不相同。

鐘選

梅柳（七唱）

春來江畔青芽柳，冬至園中黃臘梅。

雲海（三唱）

山高海闊魂安往，月朗雲開淚欲流。

註：蘇軾〈水調歌頭——詠月〉：「何事長向別時圓。」又：袁枚〈隴上作〉：「今宵華表月，莫向隴頭圓。」下聯本此。

聯選

抒懷聯

愛庶民先保國，明仁義後齊家。

其　二

運動身心壯，安恬意氣平。

其　三

國父護民愛國，蔣公北伐東征。

題岳王墓

三字沉冤忠孝在。千秋碧血地天存。

何邦立

福建壽寧人，國防醫學院醫科一九六八年畢業，美俄亥俄州大學預防醫學碩士、醫學博士，美國航空太空醫學專家資格，飛行事故調查與事故預防專長。曾任空軍航空太空醫學研究部主任、交通部民用航空醫學中心主任、中華民國航空醫學會理事長，國防醫學院部定教授。現任何宜慈科技發展教育基金會執行長，中華科技史學會理事。最近跟隨徐世澤老師、楊君潛老師學習古典詩詞寫作一年，剛剛起步。

詩選

姻緣

窈窕佳人夢寐求，魂牽反側誦關鳩。願教琴瑟相和合，君子鍾情遂好逑。

其二

竹馬青梅未有猜，更教月老作良媒。白頭偕老愛河浴，爭頌熊羆夢裡來。

詞選

憶王孫——選舉

機車瀑布銀河般。拜票掃街門道看。思變人心今已偏。莫等閒。民主高雄耀宇寰。

憶江南——普悠瑪車禍有感

多少恨，車禍刹那中。過百傷亡哭無淚，人為因素弊重重。悲切愴心胸。

其　二

多少恨，家破幾人存。畫面悲悽心痛苦，銜哀無告哭天閽。腸斷為招魂。

鐘選

波　影（二唱）

帽影鞭絲上梅嶺，煙波秋色下揚州。

水波瀲灩臨西舍，花影橫斜傍北樓。

秋　月（五唱）

圓山矗立月光美，淡水蜿蜒秋景佳。

浮雲流水秋楓落，古道西風月兔藏。

梅　柳（七唱）

蘇堤嫋嫋黃金柳，灞岸離離紅白梅。

羌笛隨風悲折柳，灞橋踏雪喜尋梅。註：「折楊柳」，笛曲名。

兩箇黃鸝鳴夏柳，一行白鷺翕冬梅。

送客章臺折夏柳，吟詩庾嶺傍冬梅。

雲　海（三唱）

風起雲騰聲勢盛，霞蒸海蔚景光佳。

浪拍海礁水花濺，蜃噓霧裡閣樓生。

詩　畫（六唱）

腹有才華爲畫易，胸無點墨作詩難。

雨霽畫家爲畫去，風和詩客作詩來。

聯選

春聯

爆竹一聲除舊歲，寒梅數點迓新春。

書房聯

青犢崩奔，寒流來襲；漢旌高舉，禹甸重光。

註：「青犢」，漢光武帝時亂黨名。

其二

運轉鴻鈞，民心思漢；律回亥歲，天下皆春。

吳世彥

一九四二年九月出生於雲林縣元長鄉。畢業於客厝國小、北港初中、嘉義師範普通科、國立臺北師範學院師院初等教育系、市立臺北師範學院研究所四十學分班。任國小教師四十餘年。二〇〇七年退休後，始學書法兼教書法。現爲正義國小書法班、明德書法班、靜心書法班教師。

詩選

老農

鄉閭攜杖話桑麻，猶憶當年忙採瓜。烈日當空勤力作，如今鬢髮盡添華。

其二

皓首田間作苦忙，扶犁不遜少年郎。春耕只待秋收盛，閤第豐衣樂壽康。

村居

雞犬相聞居自安，半耕半讀最心寬。榮華富貴聽天命，莫把功名入世看。

秋晴晚眺

群峰歡笑向斜陽，籬畔黃花散晚香。故國河山懷墨客，民胞物與祝安康。註：張載〈西銘〉：「民吾同胞，物吾與也。」視民與物為一體也。

夏日雅集

揮汗攜書赴雅堂，群英簪盍展光芒。憑誰嶄露生花筆？千載文通較短長。註：「文通」，江淹字。

浴佛

龍華盛會大開壇，忙煞沙彌到夜闌。捎起甘茶湯灌頂，塵軀洗淨智珠盤。

郭家筆王（冠頂格）

郭汾陽胤盡英豪，家世精研製穎毛。筆底乾坤光社稷，王孫爲國建功高。

婚嫁

關雎一曲古流傳，月老牽成得善緣。可嘆媒人今失業，自由戀愛樂無邊。

清明

寒食心興追遠情，攜家帶眷掃丘塋。先人餘蔭恩深厚，豈在兒孫祭五牲。

陽明春曉

草山春色最迷人，旭日東昇氣爽神。百卉千花觀不盡，清晨健步又強身。

詠懷

慈母劬勞育我身，德恩未報竟歸眞。彼蒼曷忍親情奪，腸斷無依失恃人。

註：「失恃」，《詩・小雅・小旻之什》：「無父何怙？無母何恃？」

遊北港媽祖廟

笨港朝天拜默娘，萬千善信渡慈航。神威浩蕩傳千里，廟貌巍峨俎豆香。

詞選

長相思

朝天宮。奉天宮。廟貌巍峨冠海東。客遊虔信同。　愛無窮。敬無窮。媽祖神靈祈入夢。心懷樂且融。

其二

獅頭山。虎頭山。風景殊優甚可觀。往來遊客繁。　車道彎。河道彎。道路交通快拓寬。觀光客更歡。

憶王孫——遇知音

冬風吹雪氣森森。強力掀開天地陰。不叫凡夫空入林。唱知音。微醉聲聲頻弄琴。

其二——選賢能

晨昏拉票滿街囂。戊戌臺灣起熱潮。百里侯今仔細挑。莫輕饒。須選賢能來斬妖。

憶江南

雲林好，媽祖廟巍峨。三月通宵迎聖火，一年到處樂笙歌。北港進香多。

其二

新北好，新北好風光。淡水河邊觀日落，鳥來瀑布養生湯。遊子意難忘。

聯選

書房聯

千載逢此時，別慌，待機始動；十年磨一劍，要快，即刻爭鋒。

題萬華龍山寺

龍脈占東瀛，普渡慈航超萬劫；山光照南海，靈鍾艋舺闢三摩。

吳欐櫻

臺灣新竹人，元培醫事科技大學畢業，金融業退休後，專注於水墨畫、金石篆刻、手工藝創作與古詩詞研習。現任：中華大漢書藝協會理事、中華藝文交流協會常務監事、吳欐櫻書畫藝廊負責人。新竹市國畫、彩繪社區達人。

詩選

梅　花

何處暗香飄入夢，淺清水畔覓芳蹤。嫣紅點點苞初綻，驚覺南枝展笑容。

其　二

寒雪梅花相映白，香飄小苑入簾來。堅貞韌性邀人愛，索笑巡簷日幾回。

畫　龍——雙龍奪珠

落筆絹綢珠燦然，雙龍勁尾互牽纏。崢嶸鱗爪不相讓，恍似騰雲躍九淵。

其　二——騎龍觀音

氣吐虹霓捲霧霏，崢嶸頭角顯神威。稜稜一幅觀音畫，駕馭金龍天外飛。

聞　笛

短笛橫吹入耳聞，清音揚抑欲穿雲。麗人徙倚香閨望，曲罷凝眉未見君。

詞選

憶王孫——西番蓮

西番蓮紫綻芒光。翠郁枝藤繞碧牆。木架低垂孕百香。孰同嚐。客舍咀來酸亦芳。

憶江南

離別後，十載倏然間。那歲桐花妍又美，綠楊垂掛岸雙邊。魂夢日相牽。

其二

離別後，魂夢幾縈回。江上櫓聲軋軋響，岸邊嬝娜柳絲垂。十載指彈飛。

鐘選

文　酒（二唱）

奇文共賞群賢聚，好酒聯歡勝會開。

爲文下筆蜚殊俗，對酒高歌露異才。

秋月（四唱）

一輪明月高空掛，萬里清秋滿地涼。

葉落知秋悲宋玉，客遊見月詠徐陵。

註：（一）宋玉〈九辯〉：「悲哉秋之為氣也！蕭瑟兮草木搖落而變衰。」上聯本此。（二）徐陵〈關山月〉：「關山三五月，遊子憶秦川。」下聯本此。

聯選

題杭州西湖

梅蕊盛開攬孤嶺，荷花初綻詠三潭。

呂仁清

字克我、孟伯，號朗山。一九四一年生於臺灣屏東縣里港鄉永春宅。臺北師範專科學校、淡江大學中國文學系畢業。研習書法四十餘載，受教謝宗安書法大師，晚年始學詩詞，拜楊君潛大師門下。現任中華民國書法教育學會第八屆理事長、評議委員，中華書道學會常務監事，中國書法學會顧問，翰友書會創會會長。書法聯展百餘次，個展五次。碑刻於開封翰園、臺灣佛光山佛陀紀念館、中臺禪寺。出版書法專輯四冊。

詩選

感懷——象山居

一向象山住，淹留五十年。孜孜效高適，珍惜晚晴天。

其二——樟山寺

初探樟山寺，驚看先哲跡。雄渾又蒼茫，卻愧久疏籍。

鐘選

秋　霞（一唱）

秋水波平千里碧，霞光雲淡半天紅。
秋風獨泛尋猿去，霞鶩齊飛放鶴來。

梅　雪（七唱）

子卿北海餐銀雪，和靖孤山娶玉梅。

周忻恩

字翰眞，生於彰化市。國立臺灣藝術大學書畫系畢業。幼教界服務二十餘年，指導兒童美術、書法、水墨畫。個展四次，海內外聯展數十次，參展新店安坑春鬧一至三屆。淡江大學文錙中心頒發「適任書法教師」證書。現任：中華大漢書藝協會常務理事、財務長；中國澹寧書法協會第七屆顧問。

詩選

秋山

夕照餘暉絢碧穹，秋山磊磊醉千楓。年來多少淒涼感，都在長天雁影中。

淡江夕照

夕照紅毛燦古垣，禎霞相映絢乾坤。北溟驀見鵬飛去，駭浪驚濤海跋鯤。

詠懷

離別蘇杭又幾年，怱怱攜手話從前。丹青福壽圖相贈，兩岸恆如共一天。

端午節

天中佳節競龍舟，角黍蒲觴楚俗留。舉世黎民弔夫子，千秋名姓傲王侯。
芷蘭有怨淚猶濺，天地無情恨更悠。不讀懷沙與哀郢，誰能體會屈平憂。

樓望

首夏初逢暑氣烘，登樓徙倚沐薰風。屯山綺麗雲霞淨，淡水瀰漫美日通。
望斷鄉關情更邈，低徊櫜筆興何窮。庭闈眷戀蘭陔遠，遊子心懷庾信同。

詞選

浣溪沙——旅西安

客旅長安入夢遲。鄉心繾綣久難持。且把離情託酒巵。　澗水雲山同昔日，街衢衖術異前時。怎禁周顗不歔欷。

註：劉義慶《世說新語》：「過江諸人，每至美日，輒相邀至新亭，藉卉飲宴。周侯（周顗）中坐而嘆曰：『風景不殊，正自有山河之異。』皆相視流淚！」下闋本此。

憶江南——西湖

西湖美，桃柳媚而嬌。淡蕩風波煙渚上，逶迤鏡面捲冰綃。舒暢泛蘭橈。

其二——遊草嶺

蓬萊美，秘境萃琪花。聖塔蒼松藏易象，如詩如畫望無涯。宮殿鎖煙霞。

擣練子——遊下龍灣

邱罄靜，霧雲空。游舫穿梭風淡中。凝視龍灣星象綺，玉湖瑰麗映蒼穹。

鐘選

中　華（一唱）

中宵隱約鵑聲喚，華燭朦朧蝶影迷。

華夏詩人最高蹈，中流砥柱忒英姿。

春　日（五唱）

詩客揮毫春正好，書家運腕日精研。

琢磨致力春同醉，教學傾情日不眠。

梅　柳（七唱）

冬去灞橋觀翠柳，春來閬苑賞紅梅。

詩　畫（六唱）

映燭醉書皆畫意，空庭步月孕詩情。

雙十（一唱）

雙湖青柳風情在，十月黃柑冬意濃。

聯選

寺廟聯

玉磬悠揚；金鐘斷續，琳宮四面，碧樹千株。

春聯

時雨濛濛千草綠，春風嫋嫋百花紅。

書齋聯

茗飲可清心，壺中日月；詩敲眞愜意，物外乾坤。

其二

芳樹千株，悅山明水秀；晴窗四面，喜鵲噪蟬吟。

林景重

一九四〇年出生，福建林森縣人。淡江大學中國文學系畢業。服務郵政四十二年，現於中華郵政退休協會擔任義工，堪稱「退而不休」。

詩選

吹笛

平湖秋月我吹笛，散入行雲起共鳴。一曲菩提千慮淨，管聲飄處受歡迎。

弈棋

勝負人生一局棋，鉤心鬥角有誰知？炮轟車戰馬先到，前卒過河奪帥旗。

梅菊爭功

梅菊爭功鳴不平，清肝解熱菊花贏。賞心樂事春梅勝，天地無私道並行。

筆

腹笥未充強作詩，枯腸刮破亦無詞。夢中藻翰江淹借，絕句摛文我有師。

錢財

千金難買子孫賢，五福仍須有道緣。人在世間原是客，多藏多蓄總難眠。

鞦韆

風和日麗鬥鞦韆，自笑如今學少年。膽敢迎風何自在，老身耄矣賽神仙。

詞選

卜算子——佛

佛在我心中，照見無明病。朝夕貪婪不已忙，自陷嗔癡境。　著相失天真，欲出無門徑。一念彌陀智慧開，合掌當胸應。

其二——關聖帝

結義在桃園，討伐黃巾到。百戰青龍偃月刀，赤兔追風嘯。　至大至剛行，允武允文誥。顯聖稱神萬古忠，志在春秋耀。

相見歡——梅花

寒冬送暖陽光。每思量。悵望、梅林一片已添妝。　攝美景。留倩影。柳條長。尚待、愛花君子慰衷腸。

其 二——禪

隨緣不變爲宗。隱高風。見性、非關文字更融通。　內不亂。需道斷。喜相逢。自在、本心勘破任西東。

其 三——觀音廟

觀空有色無聲。紫雲迎。隨處、尋聲救苦大悲行。　轉意念。需自斂。現光明。意識、蓮花楊柳亦知情。

浪淘沙——道

曲徑晚霞明。頓覺心平。綠陰深處夏蟲鳴。片片彩雲歸遠岫，空憶前程。　世事撼心驚。惆悵人生。虛懷若谷自含馨。得失有無君識否？苦樂同行。

其 二——媽祖

駭浪起湄洲。浪覆漁舟。默娘救父自漂流。孝感參天驚上帝，急喚龍頭。　策劃共籌謀。四海無憂。巍峨后德志千秋。勉我民心知聖道，寶筏悠遊。

虞美人——鄉村

晨鐘暮鼓心同靜。魚鳥相親敬。每逢花處有新詩。再到、竹林畫意也神馳。　晚煙一抹斜陽落。老少漁農樂。牛羊識得草萋萋。遠岸、釣舟斷續泊參差。

憶江南——講經

思道義，獨自講經行。哲理深研容萬物，民心拓展益群生。處處受歡迎。

鷓鴣天——漁舟唱晚

古木參天野鳥啾。林深葉茂一山幽。嚴霜翠竹情猶暢，秋水紅蘋氣自柔。開宿霧，泛輕舟。漁人置酒應新酬。滔滔巨浪風初定，一曲薰風任去留。

聯選

題史忠烈公祠

耿耿精忠，充塞古今，丹心貫日；崢崢大義，欲回劫數，浩氣凌霄。

題林口竹林山寺

竹林通達宏機，紹傳佛性；山寺圓明法界，長養善根。

題萬華龍山寺

龍寺聽經，妙悟禪機，瞋心即滅；山林念佛，大開覺路，忍意常存。

題媽祖廟

默默慈暉。恩覃四海，母儀有赫；明明慧照，安安眾生，后德無疆。

洪念劬

一九四七年生。曾任國中教師。退休後 ，參加古典詩詞及現代文學之研習。生活以閱讀文學作品爲重心。也喜歡涉獵有關花鳥植物等生態紀錄。希望在老師的諄諄教誨中，在藝文領域能深入其境，得其神髓。愛欣賞書畫展，及瀏覽有關花鳥植物等，自然生態記錄。有幸在古典詩詞上能得到老師的提點、啓發，與同學們切磋詩藝。希望在詩詞的領域中，在老師的指導下，生活於眞善美中。

詩選

詠鶴

鶴唳九皋聞四野，翔迴健翼貫雲霄。關山萬里歸鄉遠，熠耀繁星夜寂寥。

聞笛

林間長笛暗飛聲，折柳橫吹賦別情。散入東風無覓處，冰心清比玉壺清。

詞選

浣溪沙——詠含羞草

翠葉纖纖蔓草間。絨花俏麗展歡顏。和風煦日自安閒。　開合含羞深有韻，笑嗔妍蒨寄嬌憨。瀼瀼零露影娟娟。

其二——詠蝶豆花

鳥語啁啾蝶豆開。紫藍華彩逗人來。朝榮暮落鬧蒼苔。　日色初臨生笑靨，靈株解語絕塵埃。庭蕪靜僻耀新栽。

虞美人——雙溪公園大王蓮

山青水翠雙溪秀。綠滿迴廊柳。花顏嬌媚郁香濃。笑道、葉如小艇任西東。　亭臺水榭飛輕絮。顧影蹁躚舞。憑欄半日獨無言。依舊、橫吹短笛似當年。

憶王孫——聽中正紀念堂詩詞吟誦李白《將進酒》

詩詞朗誦韻悠揚。古調新聲豪氣昂。曠遠雄奇誇盛唐。嘆鏗鏘。處處歌吟光海疆。

鐘選

文 酒（二唱）

至文千古《出師表》，把酒高歌《梁甫吟》。

奇文秀出驚才藻，美酒清歡倒接䍦。註：「接䍦」，帽子，飾有鷺羽。錢起〈山中酬楊補闕見訪〉：「卻幘身外牽纓冕，未勝樽前倒接䍦。」（按：此係晉山簡做荊州刺史時故事。）

遠 新（六唱）

蟾輝清照迎新景，松樾閒吟寄遠情。

詩詞吟誦創新境，書畫譽蜚播遠方。

聯選

題岳王墓

文才武略驚當世，昏主權臣毀一生。

其 二

一生報國垂青史，三字沉冤喪族魂。

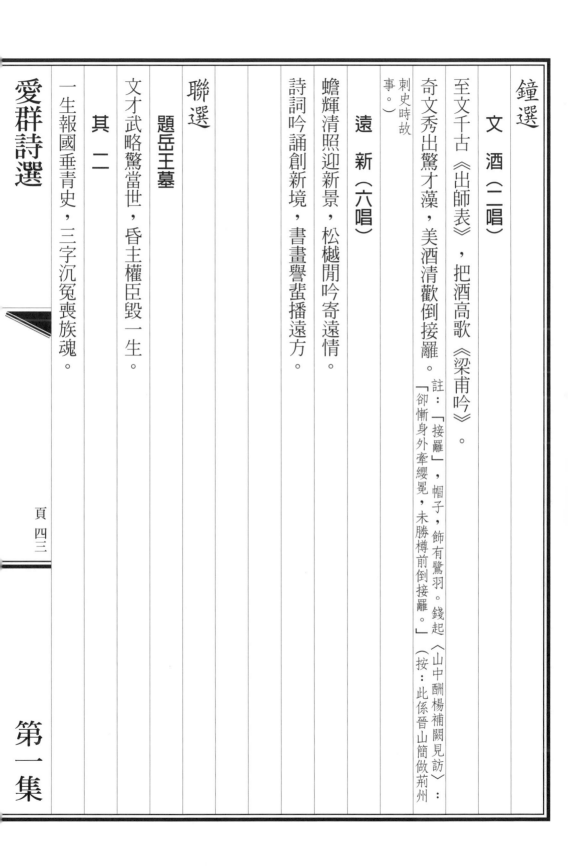

唐謨國

字剛屏，湖南武岡人。一九二一年三月十三日生。省立湖南師範學院肄業、陸軍參謀大學畢業。歷任軍公要職。退休後學書於守森權、徐松齡及唐濤等諸大師；學畫於黃慶源、林晉、及程梅香等諸名師；學詩於楊君潛老師。曾任中華大漢書藝協會、中華民國古典詩研究社常務理事。著有《怎樣學好書法》、《唐謨國詩書畫集》及《唐謨國詩書畫續集》等。

詩選

美人忍笑

少女妙齡似小喬，瓠犀不露體容嬌。手持團扇羞遮面，肩被綾羅修過腰。
側坐鳳姿怡弄笛，輕移蓮步緩吹簫。最憐天予多才藝，山水禽花擅繪描。

梅花

家鄉梅樹滿山巔，鐵幹浮煙體態妍。萬玉玲瓏能鬥雪，清香撲鼻夢魂牽。

詠鶴

雪翎丹頂淩霄志，凡鳥思追嘆絕蹤。信是時人比延祖，雞群獨立蕩心胸。註：《世說新語·容止》：「有人語王戎曰：『嵇延祖卓卓如野鶴之在雞群。』」（延祖，嵇紹字。）

其二

誕生多在黑龍江，夏返冬來憩異邦。鳴徹九皋動天地，雌雄結伴舞成雙。

勸農

穀雨連綿阡陌滿，村莊男女各人忙。扶犁叱犢迅翻土，把耜平田急插秧。
蠶婦採桑忘日昃，漁翁築網杜魚翔。農家一片勤勞樂，秋穫冬藏民富強。

詞選

卜算子

春暖百花開，蝶舞黃鶯囀。綠女紅男牽手遊，歡樂神仙羨。　走卒販夫忙，農佃耕鋤眩。辛苦勤勞代價豐，教子皆賢彥。

其二

臘盡雪迎春，嶺上寒梅俏。結綵懸燈宰割忙，鵝鴨豬羊叫。　門貼迓財神，鑼鼓新年眺。闔第圍爐團聚歡，父母紅包笑。

長相思——看選舉

韓風來。韓流來。颳得全臺民智開。國民黨奪魁。　風度贏。民心贏。縣市頻聞得勝聲。國民黨樂榮。

其　二——祝新年

紅梅花，臘梅花。白雪皚皚遍地葩。新年春到家。　財門開。喜門開。鑼鼓鼕鼕爆竹雷。祥雲福壽來。

浪淘沙——思蔡鼎公

鼎老逝三年。夢擾魂牽。組成十友會情堅。論道引人常入勝，滿座欣然。　才大德齊天，愛國言宣。詩詞恰似玉珠連。小楷草書尤絕妙，天不遺賢。

憶江南

冬季到，氣候日寒涼。早晚溫差相距大，隨時注意著衣裳。身體保安康。

其　二

看選舉，新北及高雄。兩市選情遙領勝，其餘縣市起韓風。國黨可全功。

鐘選

人天（三唱）

王勃天才今已少，孔融人範古來稀。

秋月（四唱）

墨客吟秋思菊酒，佳朋賞月賦陶詩。

遠新（六唱）

窮居鬧市無新友，富在深山有遠親。

聯選

題杭州西湖

孤嶺聞鶯，韻律清和，詩情畫意；三潭印月，風光明媚，心曠神怡。

其二

蘇堤橫梗白堤長，平湖秋月；四面芙蕖三面柳，曲院荷風。

題萬華龍山寺

龍躍九天，呑霧吐雲蘇萬物；山盤四海，神宮佛塔祐群黎。

題媽祖廟

聖德崇隆，有求必應；母恩浩大，濟困立臨。

題關帝廟

忠昭日月，興漢扶劉，威震華夏；義薄雲天，棄曹掛印，信感神人。

孫晉卿

山東嶧城人，天馬畫派傳人，天馬世界書畫總會會長。曾任職國防部、國安局、國安會、總統府。一九九七年退休後，教學培養天馬人才，舉辦畫展交流，弘揚中華文化。曾榮獲日本國際文化獎、北京金鼎獎、河南省特別金獎。先後出版《天馬世界》等專集十二種。曾接受美國中華之音、山東衛視、東森、教育、中廣、警察電臺及沈春池文教基金會專訪。尚在學習詩詞，還請先進指教。

詩選

佛燈

法炬高燒映殿前，僧尼虔誦楞嚴篇。伽藍靈感進香盛，佛佑平安萬萬年。

春寒

春寒花韡陽明山，蝶杳鶯藏息影閒。騷客盍簪吟秀句，蛾眉相會訴情關。

其二

連綿雨雪風飄葉，洶湧波濤艦泊灣。我願天晴雲霧散，金雞獻瑞樂悠閑。

凍雷陣陣怯心寒，曉日光輝雲翳殘。極目鄉關歸不得，思親腸斷倚闌干。

秋月

秋到蟾光桂影妍，我來舉盞問青天。和平兩岸於何日？人共冰輪一樣圓。

美人忍笑

美人忍笑更嬌妍，才子多情書信傳。天賜良緣作佳偶，同心相愛共嬋娟。

凌雲寺參禪

凌雲寺久聖名傳，漫步招提崇敬先。淡水拖藍欣照眼，屯峰聳翠併齊肩。
虔誠香客參禪理，絡繹詩人結佛緣。頂禮祈求天保祐，民安國泰萬千年。

淡江夕照

夕陽輝映淡江間，如錦赬霞欣顧還。舊地重遊尋綺夢，邀朋登眺觀音山。

端午節祭拜岳母（是日岳母逝世）

岳母仙遊五月天，墳前祭拜淚漣漣。臨終不忘還鄉里，但願親人大善圓。

樓望

陽明山上中山樓，雄偉莊嚴設計優。大地風光收筆底，五雲瑞色現岡頭。
百年國父誕辰日，曩日蔣公明令籌。天下馳名人競仰，壽齊河嶽永長留。

聽濤

海岸濤聲震耳傳，漁船停泊避風天。高歌飲酒心中樂，期待出航滿載旋。

詞選

如夢令

昨夜雨瀟風吼。即把門窗緊扣。疏緩勢無何，化險國人福厚。斟酒。斟酒。睡曉敞開戶牖。

其二——悼祭齊魯五友孫紹誠鄉兄

五友鄉兄仙逝。熱淚潸潸香祭。昔日笑容前，眾讚古風清麗。才藝。才藝。但願轉回人世。

其三——清明遙拜雙親

遙拜雙親情訴。跪別難忘叮句。戎馬一生空，午夜夢迴思慮。歸去。歸去。墳上燒香求恕。

長相思——思還

早思還。晚思還。四九年烽煙遍山。艦臨臺港灣。　日濟濟。夜濟濟。戎馬生涯清苦艱。退休游藝閒。

相見歡——感懷

烽煙四起心忡。太匆匆。月夜、親人叩拜渡瀛蓬。　斷腸淚。飲酒醉。夢中逢。但願、和平兩岸共通融。

憶江南——回顧

烽煙起，心慄怒濤中。揮別鄉關瀛海渡，半生戎馬愧無功。開放慶三通。

其　二——感懷

多少恨，惡夢醒難眠。槍響消魂成異客，可憐孽子奈何天。淚灑薛濤箋。

擣練子——思親

風颯颯，雨連連。人在瀛東六八年。遠望海洋親不見，斷腸思念夜難眠。

其　二——憶淮海之役

河嶽失，霸圖删。淮海師頹國步艱。淬礪維新開泰運，三通纔得故鄉還。

其　三——憶澎湖守海防

山嶽險，海濤恟。波浪無情陣陣衝。萬眾一心生死共，軍民團結策興中。

耿培生

山東桓臺人，一九二五年生。中央警官學校正科二十一期。曾任派出所主管，分駐所長、隊長、組長。及在山地、港口、航空警察單位，負責檢查及出入境客貨機安檢等工作。退休後，以詩書畫自娛。曾任詩社社長、書畫社團理事長。以及參加國內外文化交流、書畫聯展及競賽，並獲頒「愛國詩人」之榮譽。

詩選

佛燈

琉璃一盞禪庵裡，不滅長明寶殿間。蓮座高昇旛影畔，佛光煜煜照塵寰。

弈棋

仙人六箸弈棋興，隱坐談兵棊槊憑。運用奇謀操局勢，先機不失局開勝。註：（一）「六箸」，箸亦作著。古博戲具。曹植〈仙人篇〉：「仙人攬六箸，對博太山隅。」（二）「棊槊」，博簺也。韓愈〈示兒〉：「酒食罷無為，棊槊以相娛。」

春寒

東溪水結冷侵肌，枯木凌霜已發枝。雪霽霞飛魚潑刺，冰凝露沁鳥寒飢。

南園月下梅苞吐，北浦陽昇柳葉垂。入夜玉霙飄更急，皚皚妝點樹離披。

凌雲寺參禪

靈山一杵醒三千，古刹悠悠梵韻傳。信士焚香緣締佛，老僧說法舌翻蓮。
修眞悟道曇花現，心曠神怡貝葉宣。五蘊俱消參妙諦，凌雲寺聳大羅天。

梅花

壽陽粧靡宋皇宮，仿傚妃娥一體同。公主含章殿宵睡，梅花散下落顏中。

詠錢

金錢貨幣最堪珍，送往迎來禮數親。折獄曾驚唐宰相，帖云十萬可通神。

註：「帖云十萬可通神」，謂錢可打通神靈，極言金錢魔力之大。張固《幽閒鼓吹》卷五十二：「唐張延賞判一大獄，召吏嚴緝。明旦見案上留小帖云：『錢三萬貫，乞不問此獄。』張怒擲之。明旦復帖云：『十萬貫。』遂止不問。子弟乘間偵之，張曰：『錢十萬，可通神矣，無不可回之事，吾懼禍及，不得不止。』」無名氏《鴛鴦被》第四折：「錢可通神，法難縱你。」

詠鶴

千山唳徹九霄天，萬里翺翔大海旋。靈性莫言空警露，頡頏鸞鳳快如仙。

詩僧

廬山虎澗寺東林，慧遠法師勤詠吟。清淨伽藍敲秀句，琳瑯佛偈作規箴。
出塵脫俗人爭仰，扢雅揚風世共欽。遯隱空門一高士，無邊德澤海同深。

端午節書懷

每逢端午弔靈均，讀史傷時感喟頻。國為騷人添令節，地留蓬島表忠臣。
遭讒放逐天難問，哀郢懷沙陸欲淪。蒲酒且傾詩思湧，愀然把盞酹江濱。

聽濤

強風暴雨浪齊天，怒海狂濤貫耳穿。月落孤舟歸岸急，日昇眾鳥繞空旋。
無垠水滾鼈翻六，萬頃波翻馬躍千。願借錢王一神箭，潮頭射退好高眠。

詞選

浣溪沙——觀穫

一夜風吹大麥黃。陽光熙煦滿疇香。老農樂歲興悠揚。　接眼欣看家益裕，從頭預卜穀盈倉。雞豚祭拜謝穹蒼。

憶王孫——花蓮紀遊

其二——觀海

蒼松翠柏聳雲峰。飛瀑流泉落眼中。不有榮民開鑿功。石巖封。那得東西路貫通。

海潮洶湧浪滔天。日暮晴空眾鳥旋。返棹漁舟似葉連。滿艙鱻。父老騰歡佇岸邊。

擣練子——思鄉

簷溜滴，夢魂驚。多少相思枕畔生。院靜夜長人不寐，小樓獨酌到天明。

其二——探親

離別後，不能忘。骨肉睽違欲斷腸。燕子歸巢欣翕習，鶯兒出谷嘆棲遑。

鐘選

雲海（三唱）

細雨雲飛霜雪落，狂風海嘯浪濤翻。

馬似雲龍山下騁，人如海燕歲初還。

詩畫（六唱）

言無事隱爲詩史，意在筆先稱畫家。

顯悲（三唱）

哲人顯達心腸愍，孝子悲悽淚涕流。

忘懷顯赫心常泰，融化悲愴志更遒。

張柏根

宜蘭縣蘇澳鎮人，臺北市立女子師範專科學校畢業，新北市三重區正義國小教師退休，現從事詩詞研究，並參與公益活動。

詩選

茅屋

疊石爲牆茅作頂，四圍綠竹護群花。囂塵隔絕面場圃，可是幽人處士家。

春遊

郊遊賞景沐春風，花徑尋詩外子同。半日偷閒情自逸，微吟攜手步芳叢。

凌雲寺參禪

凌雲禪寺謁觀音，普照慈暉氣鬱森。喚醒眾生登彼岸，悠揚梵偈薄靈岑。

淡江夕照

斜暉罨畫淡江東，山色霞光相映紅。天地冥冥行欲暗，傷心難覓魯陽公

瀑布

雲際驚看匹練懸，氤氳萬丈掛山邊。幾疑清淨銀河水，欲滌人間落九天。

鐘聲

山寺鐘聲警不眠，頻傳百八界三千。一朝驚破浮生夢，引渡癡兒躋岸邊。

聽濤

濁浪排空氣勢宏，轟然入耳似雷鳴，玄虛賦與枚乘筆，戛鑠千秋不可京。

詠蘭

九畹谷風催，花王御氣回。若非尼父操，底有美人來？

其二

翩翩麗質出臺陽，栩栩靈根有異香。不共凡花爭豔態，春風空谷眾稱王。

詞選

如夢令

猶憶少時放學。擅入籬邊院落。曲徑正尋幽，竟被人家發覺。驚愕。驚愕。趕緊相呼退卻。

其二

記得中秋月夜。好友芸窗茗坐。暢敘抒幽懷，不覺東方曙破。閒臥。閒臥。擁擠一牀五個。

長相思——太平山之旅

一重山。兩重山。縹緲山中煙霧漫。邐迤楓槭丹。　　熱溫泉。冷山泉。冷暖人情寧不然。清遊感萬千。

其二——正義國小退休感懷

憶同寅。思同寅。化育菁莪忘苦辛。相偕二十春。　　道義伸。正義伸。旭日樓中笑語親。還期力育英。

註：「旭日樓」，正義國小教育大樓名稱。

憶王孫——懷念外公

深諳水性一漁翁。舉網垂綸樣樣通。出海捕撈收穫豐。樂融融。磊落嶔崎憶外公。

憶江南——思故鄉蘇澳

懷舊里，魚貨日盈倉。酒肆如林遊客萃，海鮮美食冠蘭陽。能不憶家鄉。

其二

思故里，愛上砲臺山。日夜羲娥從海起，霎時心地比天寬。勝景媲嫏嬛。

鐘選

春風（一唱）

春聲細細非無語，風韻娉娉似有情。

聯選

題杭州西湖

柳影婆娑，蘇堤攬勝；鶯聲婉囀，葛嶺尋幽。

張秋梅

一九六一年出生於臺北市，國立臺北商專附設空專國貿科修畢，金融業退休。二〇一八年在書法吳老師世彥先生引介紹，開始學習詩詞，初學欣逢出詩集，隨喜參與。

詩選

淡水秋晴晚眺

海面頳霞日落西，群山罨畫客望迷。兩三好友歡相聚，淡水街頭爪印泥。

註：（一）「罨畫」，畫家謂雜彩色之畫曰「罨畫」，見《丹鉛總錄》。（二）「爪印泥」，蘇軾〈和子由澠池懷舊〉：「人生到處知何似？應似飛鴻踏雪泥。泥上偶然留指爪，鴻飛那復計東西。」

詠　懷——水月道場農禪寺

梵宇農禪闢道場，三摩地淨氣芬芳。雲呈大士慈悲相，水映如來智慧光。貝葉悠揚喧海表，天花飄盪落牆旁。實虛內外競禪室，指月原來在此方。

註：「指月」，佛教禪宗以指譬教，以月譬法。

詞選

憶江南

北投好，地熱谷溫泉。關渡農禪香火盛，有求必應眾祈虔。慧業起臺蓮。

註：（一）慧業，《維摩經．菩薩品》：「知一切法，不取不捨。入一相門，起於慧業。」（二）「臺蓮」，即蓮臺，謂蓮花之臺座，即諸佛菩薩之臺座也。王勃〈觀佛跡寺〉：「蓮座神容儼，松崖聖跡餘。」

鐘選

文士（一唱）

文人競羨禰衡筆，士子爭吟杜甫詩。

波影（二唱）

倩影飄飄如小玉，凌波嬝嬝似雙成。

註：（一）「小玉」，吳王夫差的女兒。白居易〈長恨歌〉：「轉教小玉報雙成。」（二）「雙成」，西王母侍女。

秋波蕩漾如飛燕，倩影迷離似洛神。

註：（一）「飛燕」，趙飛燕。（二）「洛神」，洛水之神，宓妃也。相傳為宓犧之女，曹植有〈洛神賦〉。

梅柳（七唱）

書家競學元和柳，戲藝爭誇絕代梅。

註：「柳」，指柳公權；「梅」，指梅蘭芳。按：唐憲宗元和間，柳公權以書名，因稱其書曰「元和腳」。蘇軾〈柳氏二外甥求筆跡〉：「君家自有元和腳，莫厭家雞更問人。」

驢黔五磬技譏柳，鞠部無雙且說梅。註：「柳」：指柳宗元；「梅」指梅蘭芳。

聯選

春聯

爆竹聲聲辭舊歲，檀香縷縷迓新年。

其二

紅燭祥光盈戶牖，芝蘭玉樹滿階庭。

許燕芬

宜蘭縣頭城鎮人，大學畢業，現從事陶藝工作，並涉趣詩學。

詩選

春寒——陽明山賞櫻

櫻開萬朵散清香，料峭春寒興更揚。花蕊嫣紅如錦繡，山巒青翠似文章。
賞心把酒蝶蜂杳，游目尋詩鳥雀藏。園內徜徉園外望，忽成秀句入奚囊。

秋冬感懷

夜聽簫音影自單，秋冬林表雪痕殘。清音嘹亮賺人淚，起舞潛蛟海角寒。

其二

楓落無情似有情，一痕眉月魄還生。隱弦思撥尋風意，棲影孤星煜五更。

凌雲寺參禪

凌雲寺聳碧羅天，玉磬金經醒大千。一偈聆聽六根淨，竭誠參拜幾經年。
心靈徹靜消塵夢，色相皆空締佛緣。漫步招提明進退，雨花飄落悟機禪。

淡江夕照

噌吰斷續渡疏鐘，夕照觀音貌肅雍。烏鵲無枝空繞樹，白雲出岫似從龍。
尋詩有客乘舟去，釣月伊誰醉釀醲。脈脈斜暉無限好，倚天一朵若芙蓉。註：「觀音」，山名。

詞選

如夢令——思戀

遙見雲風雙亂。憔悴守窗輕喚。點滴夜還愁，倩影藕心堪戀。驚竄。驚竄。四月若逢依眷。

長相思——離愁

日憂愁。夜憂愁。愁倚闌干上小樓。夢中人隱休。　思悠悠。別悠悠。別後驚心雙鬢秋。落花逐水流。

憶王孫——春望

藝文伴我著心田。滿腹衷情訴杜鵑。書讀無功空自煎。把詞填。想望櫻開鸞鳳緣。

擣練子——春日歸寧

春節後，稻江回。料峭東風似劍摧。將近庭闈心更切，柳梢明月照人來。

其　二——秋思

秋露白，菊花香。弄影空庭對月傷。北斗闌干風寂寂，奈何深院隔心房。

其　三——秋閨

情泫怯，影還綿。點滴閒愁思渺然。無奈夜長魂夢擾，心隨霜月度華年。

鐘選

筆　花（四唱）

匡時鐵筆稱良史，滿地雪花兆稔年。
雄才手筆常驚世，耄歲眼花看錯人。

陳曼麗

數十年以來一直以學習古典文學爲課題，以傳播華夏文化爲志業。最大的榮幸是得到老同學辜瑞蘭的推介，拜在楊師君潛先生門下，開始學習古典詩詞創作。一年半以來，習作詩詞爲生活帶來極大的樂趣和享受。

詩選

春遲——二〇一八年四月中，芝城連日降雪

啓蟄春分節令行，緣何青女又回程？鶯聲燕語無音訊，暖雨和風幾得迎。

芝加哥千禧公園

繁塵滌盡綠洲還，樂得千禧半日閒。畔岸仙園迎善眾，傍樓竽韻啓歡顏。

老農

骨肉離鄉走港川，糟妻棄我赴蓬巔。溫馨掛念堆廚案，寂寞懷思梗腑田。氣促神虛慵運作，瓜成菜熟任荒延。頭垂背僂人蔬似，面對無言笑淚漣。

註：「溫馨掛念」，指兒孫由外地郵寄來的書信照片。放在廚房桌臺上，便於翻閱。然而，這些都是外物，不能代替遠離的親人，不足安慰老農內心的寂寞。

坐眺亞利桑那州大峽谷

岩梯高聳入雲天，造化神功嘆妙玄。石壁山巒重疊處，心情曠豁樂陶然。

念亡夫

今逢團聚感恩日，再度良人不見歸。秋月春花長夢擾，歡聲笑語漸睽違。
雖知鮮艷瞬消去，卻盼金霜永伴依。終究無緣留爾住，但期蓬境任君飛。

賀長兄九五雙壽

清晨研墨理乾坤，向晚含貽弄愛孫。不問朝堂微屑事，欣居庭掖帝王尊。

遊龍山寺

古剎龍山財火旺，今生現報謝恩忙。何如惜福懷虔敬，養善修心一炷香。

隨團訪武侯祠

隆中妙算千年事，穩忍維和萬世功。擾攘遊群呼嘯過，清寧淡泊幾人同。

廬外天趣

松柏槐杉繞屋椽，青蔥草地匐庭前。陽臺最愛晨昏歇，鴃鴿聲中晤樂天。

詞選

長相思

輕如雲。薄如雲。匿入春閨閨夜勤。戀君妾意殷。 暮思君。朝思君。簾外青山山外雲。見雲不見君。

憶江南

青春夢，夢與蝶同遊。杏豔柳輕相惹逗，沙鬆草醉自溫柔。春夢幾曾留。

鐘選

文 士（一唱）

文章不朽安邦業，士氣恢宏濟俗情。

春 人（三唱）

蝶夢人情方懊惱，蜂飛春意正醺酣。

秋 月（五唱）

蟾窟長留秋寂寞，松間偶見月玲瓏。

梅柳（七唱）

漢闕魂縈二月柳，扶餘夢繫七株梅。

梅雪（二唱）

紅梅盛綻枝頭傲，白雪輕飄陌上春。

雲海（三唱）

泳色海真龍陷溺，舞彤雲僭鳳升騰。

勿念雲中青鎖殿，當珍海上碧濤宮。

詩畫（六唱）

韋偃塗騏藏畫骨，杜陵論驥現詩心。

聯選

題萬華龍山寺

頂禮觀音，拜誦華嚴，奉火添香般若聚；慈悲超度，祈尋萬福，消災去厄善緣牽。

陳領寶

生於浙江，長於臺灣，私立神州高中畢業，前省立臺北工業專科學校工商管理科結業，國立空中大學國文系肄業。前公賣局酒廠公職退休，轉業經營中油特種油罐車油料運輸事業近卅載。晚年寄情書法，師承陳德藩、賴宗煙，天馬繪畫師承孫晉卿大師，詩詞師承楊君潛大師。

詩選

春山

豔陽桃李笑東風，罨畫遙瞻代岀嶽雄。靈隱寺參禪頓悟，歸林何日作樵翁。

春寒

春臨大地尚霜痕，料峭侵身夢不溫。煖酒圍爐驅凜冽，幾株紅杏笑籬藩。

秋山

蕭颯西風葉落頻，層巒姿色似蒙塵。南飛北雁遷棲澤，閱世山靈亦愴神。

梅雪

一枝穠豔最貞堅，百卉冬殘獨秀姸。地凍天寒銀世界，冰肌青女鬥嬋娟。

淡江夕照

紅毛城堡客徜徉，夕照霞飛鳥雀翔。暮返漁家顏笑展，旗亭換酒自傾觴。

僧院

匡廬雲淨月高懸，寺院沙彌五蘊蠲。坐破蒲團修淨業，玄機悟徹見臺蓮。

聽濤

八月錢塘萬馬奔，浪濤虎嘯撼乾坤。何當借得三千弩，射退潮頭靖海門。

詞選

如夢令——春景

勝日暖風吹動。遍野向榮萋萃。梅杏競爭姸，深巷賣花驚夢。驚夢。驚夢。買贈友人西隴。

註：陸凱〈贈范曄〉：「折梅逢驛使，寄與隴頭人。江南無所有，聊寄一枝春。」結句本此。

憶王孫——旅加鄉愁

深秋氣爽滿山紅。聖誕嚴寒白雪隆。客地雖優非熱衷。望歸鴻。極目鄉關思靡窮。

鐘選

詩苑（二唱）

進苑舞獅迎酉歲，吟詩飲酒憶丁年。

顯悲（三唱）

官威顯赫森嚴裡，寺院悲慈肅穆中。

民瘼悲熬似鍋蟻，官場顯霸若於菟。

註：「於菟」，荊楚稱虎曰於菟。

聯選

抒懷聯

民瘼水深火熱，家邦紅瘦綠肥。

其二

入夏燕鶯老，逢春草木榮。

寺廟聯

寶剎龕千佛，荒濤過八仙。

陳獻宗

佛光大學管理研究所畢業，二〇一三年經濟部水利署第一河川局秘書退休，二〇一七年起，追隨楊師君潛學習古典詩詞創作；喜好攝影，希望藉由古典詩詞與攝影作品結合，以優美的文字來詮釋畫面，讓作品更具生命力。

詩選

中秋賽鞦韆

中秋桂魄倍光明，賽鬥鞦韆腳力爭。野地敲鏗鳴鼓點，高空蹴踏響鈴聲。手牽綵索形迴盪，角逐金杯氣湧生。會聚情緣皆道友，相歡何必計輸贏。

詠錢

好貲祖約最囊慳，萬貫腰纏喜欲顛。莫怪傾身常障簏，應憐絕口恥言錢。積藏鐵葉終成燼，鼓鑄銅山俱化煙。可笑守財心被虜，難能散賑善名傳。

賽神

禮拜鄉人盡笑迎，酬神賜福獻三牲。訇訇鼙鈸梨園唱，裊裊爐煙社鼓鳴。

一瓣心香恭祭祀，雙清體道表衷誠。希求善信輕財賦，但願慈悲智慧生。

勸農

布穀和鳴趁雨耕，田夫饁婦日營營。扶犁叱犢不言苦，矚望年豐米粟盈。

詞選

卜算子

客館雨聲殘，聞笛山城暮。對酒銜杯偃月寒，嘆羡歸棲鷺。　獨向遠鄉遊，贏得前程誤。壅隔千山故舊稀，寂寞思歸路。

長相思

寒蕭蕭。意蕭蕭。水色煙波西苑宵。窈深增寂寥。　風連朝。雨連朝。緩步飄然登石橋。風吹酒半銷。

浣溪沙

踏步迎風至近坰。殘霞日薄漸冥冥。幽林閃爍綴流螢。　入耳潺潺流澗水，迎眸點點滿雲亭。翻飛上下舞還停。

其二

陋室疏簾落葉風。早秋清冷暮江東。客愁獨坐見歸鴻。　百感遠鄉心事湧，半生歸夢醉眠中。常年勞燕各西東。

浪淘沙

天外月輪孤。津渡棲烏。望鄉雙眼淚將枯。四出浪遊身是客，田隴荒蕪。　店舍守紅爐。觴飲千壺。傳書鄉信雁來無。取醉懷思希入夢，更續樵蘇。

虞美人

村深遐邈斜陽暮。落照歸池鷺。遠聽鄉樹咽秋風。斷續、淒淒切切剉青蔥。　孤征客寓東西別。又恨鄉音絕。寂寥中夜獨登樓。且自、嘯歌杯酒遣人愁。

憶王孫

明池秀色四時殊。鏡水煙雲如畫圖。入眼雲山半有無。羨飛鳧。一點鳴聲客影孤。

鷓鴣天

日落孤城起暮煙。倦歸飛鳥岫雲邊。遙聞蹄轂村尨吠，諦聽村聲遠近連。　郊野外，古松邊。客遊煢獨望青天。懷鄉最怕飛霜夜，縷縷愁絲幾萬千。

鐘選

人　天（三唱）

清風人影穿松徑，皓月天光照草亭。

文　酒（二唱）

美酒須當招客醉，奇文自可與朋觀。

冬　雪（五唱）

吟詩賞鑑冬軒下，屬對推敲雪榻中。

秋　霞（一唱）

秋鴻翅影長天破，霞月輝光遠水橫。

梅　鶴（七唱）

古木蒼煙棲瘦鶴，寒江碧水映疏梅。

詩　社（四唱）

薄晚吟詩送海客，豐年賽社謝田神。

詩　畫（六唱）

遠岫蒼蒼成畫本，輕帆點點入詩題。

題黃鶴樓

滾滾長江，默送仙人乘鶴去；悠悠落日，遙聞玉笛破空來。

辜瑞蘭

臺北松筠畫會理事長、大漢詩社社長、中華畫學會監事。二〇一二年北京釣魚臺盃詩詞一等獎、二〇一三年毛澤東書畫獎一等獎。國立臺灣大學畢業、文化大學碩士、北京師範大學藝術學院研究所畢業、日本高崎書道協會師範認證。國家圖書館退休、曾執教於文化大學與臺北輔仁大學。

詩選

佛光山巡禮

開啓荒山數十秋，營成寶島似丹邱。殿堂佛像樹奇格，別寺道場遍五洲。
國際人間聞妙諦，金繩覺路導眞修。慈悲弘法爲司職，祈爲蒼生安樂謀。

春　寒

櫻花賞後尙依依，驀見烏雲海上飛。風捲芳叢葉飄地，雨來過午冷侵衣。
暖包擁抱溫心底，藥服殷勤苦口圍。遊罷回家藤榻臥，始知料峭逞春威。

淡江夕照

盛名遠播淡江津，落照觀音山色新。捷運帶來異鄉客，渡輪送去采風人。
鯛魚潛躍逐波動，鷗鳥俯衝貼水巡。夜暮雲消彌熱鬧，老街酒肆買饈珍。

端陽節書懷

荷塘端午溢芬芳，蝶使蜂臣喜欲狂。綠艾懸門增絢瑞，白菖洗面散清涼。
雄黃藥酒傾觴飲，圖彩龍舟擊鼓揚。紀念靈均辭賦祖，吟詩文化永流長。

龍洞聽濤

臺灣佳景在東疆，龍洞鼻頭奧秘藏。冬至北風長狗浪，夏來南湧訝鼉驤。
水掀似聽龍吟震，風打如聞虎嘯揚。觀海悠然樓裡坐，絕勝陟涉到錢塘。

詞選

生查子——訪士林官邸菊展

金風細細吹，「萬壽」黃花茁。誰好附風騷，貪看培新植。　今年御邸園，「大立」超千百。營造景翻多，滿圃觀光客。

註：（一）「萬壽」，菊花名。（二）「大立」：菊花名。培植二年，一株即可開千餘朵，今年擺放十五款。

如夢令——冬遊大湖公園

碧綠湖山佳趣。錦帶拱橋橫渡。雅客賞心來，落雨絳紅松樹。翔鷺。翔鷺。薄霧歸依仙處。

其　二——題候鳥紫鷺圖

紫鷺翩然飛住。稀有羽毛欣慕。寶島撫新雛，入夏北行離去。奔赴。奔赴。不畏路遙原處。

相見歡——題荷塘錦鯉圖

晴湖碧綠清涼。盪飄香。玉骨、新紅高潔滿橫塘。　滄波湧。錦鯉動。閃金光。耀眼、揚鰭潑剌美泱泱。

浣溪沙——詠大王蓮

大葉王蓮水面汎。葉緣向上有奇功。撐浮力載越三童。　出日花開呈皎白，隔天萼閉轉胭紅。無端三日落池中。

註：「汎」，讀平。

菩薩蠻——無錫紀遊

金秋赴太湖西畔。展開書畫闔閭館。兩岸辨交流。名區欣樂游。　靈山佛祖住。搖櫓運河渡。尚教重文揚，譽賢傑故鄉。

擣練子——武夷山下坐竹筏

濂洞日，武夷山。大小王峰疊翠環。九曲清溪能見底，筏工唱和到沙灣。

鐘選

中　華（一唱）

中興駿業千秋頌，華彩鴻文萬卷傳。

詩　苑（二唱）

竹詩多寫貧明志，梅苑常遊愜素心。

作詩我愛參唐典，遊苑人耽賦宋詞。

筆　花（四唱）

黃昏握筆寫初月，清早澆花曬太陽。

雲　海（三唱）

捧月雲煙如鳥羽，掀風海浪似龍鱗。

雙　十（一唱）

十子經營承祖業，雙親健在弄孫飴。

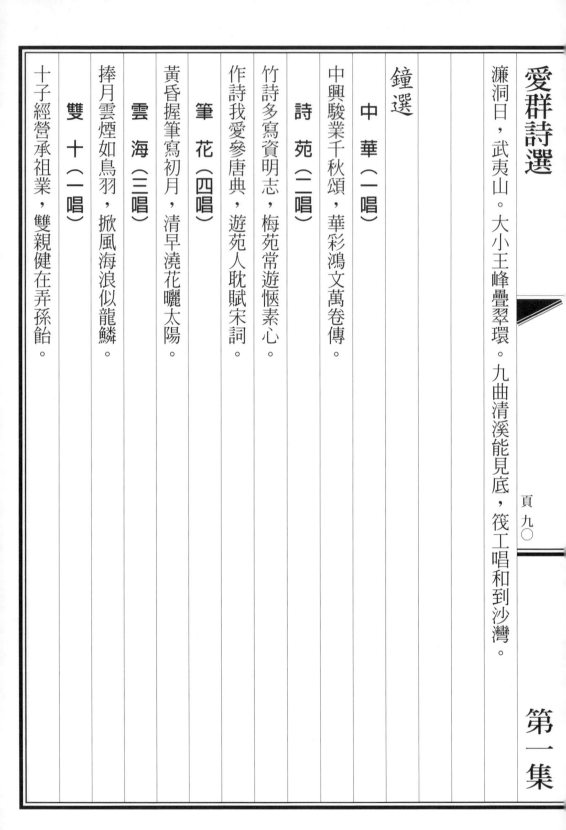

顯　悲（三唱）

媽祖顯靈安赤縣，觀音悲憫庇蒼生。

聯選

抒懷聯

畫樓悠古莊嚴，華廈嶄新豪氣；雲外青山疊疊，洲邊碧水悠悠。

其　二

曲徑通幽，環廊水榭；名園盛譽，怪石山林。

其　三

波浪兼天，魚龍踴躍；氤氳滿壑，鳥雀啼鳴。

楊國貞

一九六四年出生，畢業於省立臺北師範專科學校及國立花蓮師範學院。擔任國小教職三十年。服務屆齡退休，因緣際會，經本班鄭崇武詞長介紹，加入愛群詩詞班學習詩詞，承蒙楊老師細心教導，如沐春風。還有在詞長們的鼓勵下，使我從不懂如何下筆寫詩，到今天已有少許的創作，內心感到萬分的高興與驕傲。

詩選

川金會談

川金會面在星洲，化解美朝世紀仇。簽署和平成協議，達成棄核利全球。

老農

烏啼月落隴鳩鳴，田婦呼孫趁曉耕。烈日當空身汗滿，扶犁勤奮舉家清。

註：「舉家清」，李商隱〈蟬〉：「煩君最相警，我亦舉家清。」

雨雪

寒冬臘月降銀沙，冷雨霜風園柳斜。獸炭頻添還自問：「陽明何日著櫻花？」

春遊宜蘭

噶瑪蘭遊樂未央，山光水色入池塘。無邊美景吟難盡，恰似他鄉遇故鄉。

過新年

初春萬物競爭妍，日暖風輕碧映天。戊戌迎春開泰運，瑞霙六出兆豐年。

詠　懷——參訪農禪寺

人間淨土在農禪，蘭若清遊景自然。四壁經文宣貝葉，一方池水種心蓮。
靈猿悟道來廊外，頑石點頭立殿邊。鐘磬悠揚消俗慮，招提名勝永流傳。

詞選

如夢令

夏日繁華消盡。秋色蒼茫欲醒。梧葉影飄黃，歲月如流不返。難緩。難緩。卻道被風吹散。

憶王孫——秋思

秋風颯颯露瀼瀼。菊綻桂開爭放香。日暮蒼山稻麥黃。雪茫茫。歲月深憐兩鬢霜。

其二——賀韓總當選高雄市長

韓流襲捲大高雄。百里侯爭氣吐虹。改變港都老又窮。笑春風。慶賀國瑜立偉功。

憶江南

歸依佛，三昧思無邪。願我六根脫塵垢，身安靜寂厭娑婆。心口念彌陀。

鐘選

春人（三唱）

天降春霖滋萬物，地留人瑞壽千年。

春風（一唱）

春日雪梅交互映，風霜櫻菊邇遐開。

秋月（五唱）

倩誰續作〈秋聲賦〉，顧我難賡〈月夜〉詩。註：〈秋聲賦〉歐陽修作；〈月夜〉杜甫作。

冬至難迎秋氣爽，春來易得月光明。

梅柳（七唱）

冬殘欲探三眠柳，春到爭吟一剪梅。註：（一）「三眠柳」，漢代宮苑中有柳樹，一天之內，三起三倒，猶如人一日三眠。《三輔故事》：「『漢苑有柳，狀如人，號曰人柳，一日三眠三起。』人柳，即檉柳，亦名赤楊、河柳、三眠柳、觀音柳、西河柳。」唐代韓鄂《歲華紀麗》卷一：「『柳三眠而盤地。』注：『漢武帝苑中瑞柳，一日三起三眠也。』」（二）「一剪梅」，詞牌名。

微風陣陣催堤柳，瑞雪紛紛綻嶺梅。

梅　雪（二唱）

春雪降臨辭舊歲，蠟梅綻放迓新年。

雲　海（三唱）

八里雲低龍作雨，三芝海闊鳥呼風。

聯選

書房聯

腹藏萬卷顧炎武，書讀五車曾國藩。

楊　蓁

雲南雲龍人，一九三二年生，白族，筆名老苗子。齋號拾悅，現爲大漢書藝協會榮譽理事長，大漢詩壇創始人，古典詩詞研究社副理事長。

詩選

又是一年

八八人生不自憐，騷朋雅聚悅磋研。展書朗讀吟佳句，磨墨輕描畫錦箋。撫景烹茶消永日，開懷酌酒醉流泉。忘憂惜老原無悶，梅柳爭春又一年。

註：「無悶：《易經・乾卦》「遯世無悶。」無悶，沒有煩惱。

看　海

浩瀚無垠六合開，波光灩灩耀眸來。通天萬里前無路，動地狂濤後有災。水伯浮沉掀竹島，龍王出沒亂瓊臺。滔滔浪逐生涯老，忍聽蒼鷗繞棹哀。

秋郊縱目

爽氣臨空半壁楓，黃肥紫瘦影千重。人歸酒把東籬菊，風動濤掀西澗松。

落葉繽紛迷舊徑，飛鴻倏忽失芳蹤。尋詩縱目忘裁句，欲聽南山帶月鐘。

畫　龍

十丈靈蟲紙上翻，雲舒雲捲吐還吞。莫非破壁欲飛去，爲雨爲霖舞畫軒。

畫九竿竹贈金門友人

九竿移嶰谷，蓊鬱自成林。傲雪標高節，凌霜抱壯心。
枝搖祥鳳舞，風動瑞龍吟。裁作柯亭笛，橫吹絕世音。

詠　錢

鐵鑄孔方價倍增，財源滾滾勃然興。銅山未必終溫飽，作室爲堂過耳蠅。

詠　鶴

眾鳥高飛盡逸禽，騷人詠鶴最情深。縞衣瘦骨臨風傲，丹頂霜翰惹月侵。
展翅青雲無顧盼，縮頭古柏共清吟。緱山遼海仙蹤渺，復翮成飛讚道林。

註：「道林」，即「支道林」。他先鎩幼鶴翮，悔之，復養成翮，使飛去。

詠古梅

雪壓霜寒鐵骨堅，新條綽約勁如椽。含苞北冷傍松下，破蕚南枝映月前。
庾嶺花殘朝起霧，羅浮夢醒臘生煙。春來暑去蒼龍壯，地老天荒不計年。

聞笛

畏暑開窗待夜涼，落梅折柳引神傷。哀音慢狎頻催淚，逸韻急挑欲斷腸。
感念垂髫聆父奏，歡歌遐耇令兒狂。黃鐘應笛含玄意，十律千腔夢一場。

磨劍

鋒芒映繁弱，烈火幾番磨。百鍊侵寒氣，千錘泛碧波。
吹風驚髮斷，切玉似泥劘。持贈荊軻去，重吟易水歌。

龍舟競渡又端陽

龍舟競渡又端陽，角黍飄香祭肚腸。蒲艾懸門思避惡，雄黃醇酒敬盈觴。
前波憤覆懷王恨，後浪憂吟斬尙狂。諫士千秋留憾事，離騷一卷志恆揚。

詞選

卜算子——詩瘦

雨驟嘆蓑衣，風揭茅間漏。似到窮途認命時，豈罷吟詩瘦。　詩瘦窮途吟，應比瓊花
秀。遺興歸眞萬象情，冷暖皆參透。

長相思

晝思鄉。夢思鄉。早晚「公媽」一炷香。爹娘歸佛堂。　路迢迢。水迢迢。幾度思歸幾度憔。孤鴻雲外飄。

憶王孫

蓑衣篛笠渡長橋。倚石持竿不寂寥。細雨斜風伴楚謠。樂逍遙。不戴烏紗不上朝。

憶江南——千佛崖

千龕佛，朝夕瞰虛空。龍步驚雷吞苦雨，鸞音絕壁漱寒風。醒世一聲鐘。註：天水麥積山千佛崖大「壯觀」；宜賓翠屏山千佛崖小「莊嚴」。

聯選

輓大漢詞長吳夢雄先生

大漢精英，功績懋昭黨政軍，忽驚天上修文去；
永豐才了，聲華炳耀詩書畫，長嘆人間掛劍來。

輓大漢顧問金門才子張奇才大師

太武山高，月冷桂冠，各界同聲凋太斗；
金門海闊，風飄冥紙，吾儕共慟哭先生。

題杭州西湖

阮墩環碧新亭，萬水添幽，遠近波光搖白月；
葛嶺染朱曉日，千山競秀，古今帆影醉西湖。

註：（一）阮公墩為西湖新十景之一，由清代阮元浚湖堆成，並設有亭臺樓閣，故名。（二）葛嶺為觀賞日出與湖面輝映的山峰，相傳為葛洪結廬煉丹，欲長生不老之地，因而得名。

題書房

萬卷詩書娛耄耋，一簾風月賦蒹葭。

註：「蒹葭」：《詩經·秦風》篇名，係懷念遠方親友之詩。

題黃鶴樓

隔岸望高樓，鶴去煙浮添畫意；橫舟聞短笛，客來浪逐助詩情。

葉武勳

公職退休後，習書法，兩次獲中華藝文交流協會「銀牌獎」，庚寅年新春開筆大會「銅牌獎」，二〇一六年獲閩臺文化週書法類「三等獎」，世界和平聯合會總會頒「世界公益與文化和平和諧大使」榮譽稱號，曾獲邀於榮民總醫院講授「如何欣賞書法」專題，與妻女聯合舉辦「春暉慈孝書畫展」廿二次。

詩選

美人頌

皓齒明眸月似眉，喜瞋顧盼美丰姿。含情脈脈羞遮面，嬌態盈盈秀膩肌。
琴巧棋精擅書畫，德高品正善詩詞。慈悲感念聲華著，洵是當今一母儀。

梅花

疏影繽紛絮雪飄，凌寒競渡早春潮。百花未蕊紅雲展，萬樹成陰翠羽饒。
冷豔清純如玉琢，仙姿傲骨若神雕。巡簷索笑來騷客，遮莫江城奏笛簫。

畫龍

幻化無常起昊天，騰飛筆落見翩翩。雲翻雨佈施山野，德滿功成隱地天。
百穀滋蘇人得澤，一朝亢悔卦占乾。自從破壁沖霄去，神物稜稜萬世傳。

詠錢

數億援邦固外交，勞工公教滿街哮。味知國富應行義，省識民窮可覆巢。
昔日銅山崩旦夕，他時白水起龍蛟。青蚨世重人間愛，廉恥存心莫浪拋。

詠鶴

北地王喬駕鶴騫，翩翩出類雪翎妍。千年往復霜毛健，萬里翺翔玉羽堅。
瑩滿伊誰效丁令？冢多人孰學蘇仙？沖霄一舉凌雲去，昂首騰飛唳九天。

聞笛

嗚咽悠悠玉笛鳴，誰家倩女訴幽情？悽悽似燕歸巢語，切切如鶯出谷聲。
靜謐聽餘心蕩漾，喧囂隔斷耳頻傾。黨爭激烈國紛日，底處傳來夜五更。

鞦韆

上仰星空下俯坪，前驅後蕩地天迎。癡男伴引激歡笑，倩女拍拖惹嚇驚。
宦海浮沉身已慣，人生順逆意常平。翻疑小玉雙成現，凝睇追思句忽成。

註：「小玉」、「雙成」：皆仙女名。白居易〈長恨歌〉：「金闕西廂叩玉扃，轉教小玉報雙成。」

相見歡——去核燃煤有感

燃煤電廠空污。漫鄉都。慨嘆、民胞物與似泥塗。　眼天望。頭地搶。淚流枯。太息、全民苦難日淪胥。

註：（一）「地搶」，即搶地。《漢書．司馬遷傳》：「見獄吏即頭搶地。」搶地，觸地也。（二）「淪胥」，《詩．大雅．抑》：「淪胥以亡。」謂皆相率而至於敗亡也。

其　二——慈母淚

浩繁指食清貧。靠微薪。子女三餐難繼、歷酸辛。　籌學費。養豬累。苦纏身。浩蕩慈恩罔答、負平生。

浣溪沙——中秋感懷

連假闔家樂遠游。秋高氣爽景清幽。兒孫宴聚興悠悠。　我願民皆渡佳節，祥和社會恨仇休。來年邁步創新猷。

其　二——寒窗

陋巷深居車馬稀。茅廬雨漏濕牆圍。人單明月照荊扉。　竟日臨書猶繼晷，終宵琢句不知疲。時光縱逝負心期。

其　三——登山抒懷

氣爽身紓淡蕩天。抒懷往探峻林巔。氤氳靜謐樹千年。
溪澗瀰漫籠雨霧，巉巖縹緲繞雲煙。新詩賦就興悠然。

註：陶淵明〈移居〉：「春秋多佳日，登高賦新詩。」結句本此。

其　四——農家樂

曉日晨光颺彩雲。雞鳴狗吠邇遐聞。農家處處夙興勤。
政事紛煩拋腦後，親情快樂置心前。卜占大有力耕耘。

浪淘沙——夜歡癡

窗外月明輝。雲淨星稀。清風淡蕩幕簾垂。筆墨備齊書案上，滿室芬菲。
摹帖復臨碑。身暢心馳。篆行揮灑硯池飛。鴉噪雞啼猶未罷，一夜歡癡。

虞美人——八一三災變

滂沱大雨瘋狂瀉。災害心驚詫。南臺鬼哭又神嚎。悖嚇、家淹稼爛養魚逃。
耗資千億臨洪破。治水工程挫。救民應變要祥和。太息、滔滔口水似江河。

鷓鴣天——農民苦

風雨祥年慶產豐。供需失準又災逢。盤收價跌莊農慘，上品蕉梨廢料充。
無語問，對蒼穹。稼悲天意抑人癰。緣由禍患應深究，莫再重遭怨歲凶。

鐘選

詩　畫（六唱）

彩繪揮毫饒畫意，微言落紙蘊詩情。

聯選

題史可法祠

梅嶺弔忠魂，陣陣花香，漫瀰山野；騷人懷烈士，涔涔血淚，湧上心頭。

題媽祖廟

聖蹟歷千年，民間奉祀稱媽祖；恩波覃四海，世界尊崇仰后妃。

題圖書館

數千年經史文章，端賴學子勤研，發揚光大；千萬里江河山嶽，須憑國人衛護，永固安寧。

蔡久義

自幼家貧輟學，童工之時，黃老板乃一儒紳，時詩酒自愉，句句押韻，余感新奇，遂求學之，欣然應許，次日購買童蒙書籍，爲余授課，後因北上工作而荒廢，始在二〇一六年，入文山社區大學漢詩班，拜黃冠人老師門下，習詩詞朗讀及吟唱，並自二〇一七年起，兼游楊柳園老師帳下，學習詩詞創作至今。

詩選

春痕

風和日麗逐寒威，花卉施嬌草木肥。四野繁榮神氣爽，踏青覓句不思歸。

春暖

陽回大地景清幽，瑞氣氤氳淑氣遒。日射東郊鶯燕舞，江邊水暖鴨群浮。

看劍

豐城紫氣斗牛沖，萬丈光芒奪目瞳。百鍊久經爐火候，千尋長見影雌雄。

匣騰虎氣奸邪懼，劍現龍身國運隆。此日妖氛猶未息，英豪爭佩立奇功。

美人忍笑

待放含苞格調高，矜莊愛美自持操。乍驚巧語心房動，色舞眉飛掩口桃。

其二

千方百計鬥顏開，褒姒終於展笑來。烽戲諸侯留憾事，傾城傾國把周摧。

凌雲寺參禪

古木嵐煙壯大觀，凌雲寺聳入雲端。禪參一味六根淨，地上三摩五蘊闌。
說法談經欣諦妙，朝山禮佛覺心寬。金繩寶筏迷津渡，祈賜黎民社稷安。

筆花

管城開玉彩，燦爛映園亭。一自江淹夢，文光耀四溟。

其二

振藻穎毛動，管城玉彩開。龍蛇花外舞，鷗鷺楮邊來。
魯殿靈光煥，尼山淑氣催。文壇渠獨秀，輔弼掞天才。

舞劍

荒雞初唱曙，起舞不躊躇。壯志日昇發，豪情星落舒。
心懷凌祖逖，氣魄勝專諸。飄逸推無敵，誅奸綽有餘。

聽濤

喧豗震耳聽寒潮，鼉吼鯨翻大地搖。戲水九龍多變化，隨波千鷁幾飄颻。陽侯叱吒千軍動，箕伯奔騰萬馬蕭。願駕長風經曲岸，行穿大海鄭和超。

註：（一）「陽侯」：水神名。（二）「箕伯」，風神名。

詞選

卜算子——寒讀

展讀映寒光，閱史深居宅。漢賦離騷次第修，盡瘁頭驚白。

故實似繁星，龜鑑知興革。霽月清風耀國邦，典範在疇昔。

其二——詠茶花

不懼雪寒霜，更勝桃櫻色。麗紫妖紅早報春，萬朵枝頭飾。

碩蕊壓香梅，冷豔溪山碧。不輟芬葩整朵拋，唯有山茶格。

註：「不輟」，不離也。韓愈〈祭十二郎文〉：「吾不以一日輟汝而就也。」

如夢令——詠春

柳綠桃紅春到。萬物昭蘇溫報。堤畔曉煙鮮，百舌上枝頻噪。聲妙。聲妙。彷彿伯牙琴操。

其二——詠春

寅建斗杓花燦。嬌柳眼偷堤岸。遊客湧郊原，天籟曲飄堪玩。占渙。占渙。利涉大川樂衎。

註：「渙」，《易經》卦名。其象利涉大川，亨。

相見歡——臺大賞杜鵑

嫣紅粉白姿妍。璨春鵑。佳在黌庭翠苑、畫堂前。　思望帝。紅淚涕。意纏綿。相見二三月裡、校園間。

其二——詠桂花

仙株絕豔傾城。冠群英。金粟花開時節、溢清馨。　吳剛斧。漫揮舞。且留情。留待狀元攀折、耀明庭。

憶王孫——懷孩時

綿綿春雨圳奔流。幼小隨波捉鯽鰍。歲似浮雲影不留。漫冥搜。兩鬢如霜負壯猷。

其二——憶兒時

東皇臨境景清幽。蝶舞花開入眼眸。破曉嬌鶯巧轉喉。賞櫻酬。歲月如梭時不留。

擣練子——山居

茅舍靜，靄霞封。馥郁園花戀蝶蜂。百舌繞樑心氣爽，悠然把酒樂林翁。

其二——登七星山

霜髮亂，水雲寬。四境清幽汗不乾。拾級慢移攀月去，野夫攻頂七星山。

鄭崇武

大學畢業，小時在蟬鳴聲中，家父大樹下乘涼吟詩畫面，原已深印腦中。楊師君潛開授詩詞課，喚醒記憶，欣然參加。學然後知不足，肇因國學基礎薄弱，惟在楊老師熱心耐心善誘指導之下，略能一窺詩詞之美，一樂也。

詩選

春寒

迎春花嚲風飄搖，破襖披身不敢抛。多少皸膚流浪漢，不如眾鳥有溫巢。

望雲

久旱望雲獨倚扉，偏流浪性亂飄飛。萬千性命遭饑苦，爲雨爲霖功畢歸。

註：偽《古文尚書·說命》：「若歲大旱，用汝作霖雨。」結句本此。

梅花

寒梅粧點報先春，玉骨冰心不染塵。疏影橫斜成畫卷，誰知我一片癡眞。

筆花

班管藏毫蕊未開，蘧蘧入夢現身來。稚童老叟皆憐愛，鷺侶鷗朋日夜陪。

詠錢

世間最美是金鈔，將相佳人莫逆交。中外古今多少事，節名廉恥任風拋。

詠懷

小樓秋日獨登臨，景緻依稀暴雨霖。賦罷《蒹葭》忍離別，伊人何處費追尋。

註：「蒹葭」，《詩經・秦風》篇名，係思慕所愛之人而不得相見之詩。

詠鶴

不老仙禽慶壽年，緱山遼海跨神仙。霜翎丹頂人爭愛，健翮翩躚舞月圓。

樓望

秋高氣爽此登樓，風景無邊筆底收。岦崱屯山平地起，逶迤淡水接天流。

昔時顯要今安在？昨夜豪雄已變囚。奉勸當前操柄者，應求歷史大名留。

憶端午節

端陽佳節倍難忘，遊子他鄉當故鄉。慈母親包芳味粽，只能追憶夢中嚐。

臨帖

潛研書譜最根基，並重古今心未移。晉帖揣摩於用筆，魏碑簡練在臨池。

卜算子——櫻花怨

綻放誘春來，遊客齊驚燦。最恨狂風暴雨摧，離葉情難斷。 祇羨樹芳添，誰見泥中嘆。往事如煙問上天，姊妹皆分散。

如夢令——北海星空

北海夜空星被。南苑梨園鼓吹。莫道共飄飛，朝夕與伊同醉。裝睡。裝睡。廢寢忘餐不寐。

相見歡——漁父

霞蒸日昃陽紅。老漁翁。獨釣春江晼晚、遂初衷。 摛麗藻。抒襟抱。貯囊中。不羨功名富貴、效嚴公。

浣溪沙

難忘童年戲鬧場。跡蹤庭院或廳堂。躍嬉燕雀一齊忙。 春夕餘暉相對映，前緣重續靠瓊漿。醉邀來日再迷茫。

浪淘沙——土城賞桐行

歲月苦匆匆。命運難同。誰知白裡透心紅。卻是煉油專供用，飄泊峰嵩。 禪寺晚聲鐘。散渡風中。震驚識本性山桐。僥倖忝稱爲夏雪，色相還空。

菩薩蠻——書懷同學

鳳凰花豔濃如火。飄零樹下驚飛墮。預告是離愁。時光不駐留。　默祈傳信語。不論朝和暮。祗祝壽安康。流芳把善揚。

註：「鳳凰花」，鳳凰木開的花，葉細花紅。又名「合歡」，以其有雌雄也，為臺南市花。

虞美人——遇雨成災何處安居

氣流豪雨何時了。鄉土成災沼。孩童玩鬧不知危。無淚、把它當樂水來嬉。　石沙沖毀泥掩蓋。眞是朱顏改。問蟾何處得安居。依舊、夜深人靜照溝渠。

憶王孫——懷念同事好友

時光易老鬢毛催。隱遁花東舊斷開。友聚聲聲少一杯。費疑猜。興盡逍遙胡不回。

憶江南——惋惜祖厝拆除

眞惱恨，祖厝滅無蹤。紅瓦斑牆與舊院，無邪嬉鬧在其中。思起眼矇矓。

攤破浣溪沙——有所思

玉露瀼瀼荷葉殘。金風西起白蘋間。萬里星河橫一雁，思漫漫。　節屆中秋月華冷，夜闌底處笛聲寒。詩詠蒹葭何限意，倚欄杆。

註：「蒹葭」，《詩・秦風》篇名。是說思慕所愛的人，而難以親近的詩。

蕭鼎三

生於湖南省寶慶村嶕鄉，一九四二年至一九四五年，受日寇侵擾，小學肄業，隨同家人逃難奔波，對音韻平仄，一竅不通。來臺灣後，拜讀國學古籍，嚮往詩詞佛法，承楊師君潛諄諄善誘，歷有年矣。如今略有所悟，學雖不盡如人意，但心存感激，銘記五內。

詩選

日本富士山紀遊（並序）

二〇一七年六月初旬，闔家出遊東京，宿仁川王子飯店。次日攬勝箱根。第三日遊富士山。富士山標高海拔三七七〇公尺，屬山梨縣，距東京車程約二時許。

闔家東瀛行，旅館攬客程。車滿皆洋人，互道笑靨迎。高速路平穩，瞬抵河口濱。從此登山路，穿越綠陰坪。徑幽接相接，彎轉又頻頻。已逾半山腰，突現景色新。標高二千三，路盡萃遊人。天公又作美，氣爽淨煙塵。雲遮涼意隨，廣闊眺東京。風光都入鏡，環顧振精神。紀念留倩影，美景又良辰。如此佳日臨，留得滿懷興。

念故友

故鄉人況是相知，來到臺灣形影隨。一日前程各奔去，再思會晤已無期。

書展述懷

習書十載倏然過，八法潛研鐵硯磨。翰墨生香成一快，心情開朗致中和。

兩回展出嘉賓盛，滿壁琳琅讚譽多。浩蕩師恩猶未答，老來贏得是皤皤。

註：「兩回展出」，筆者於二〇〇八及二〇一三年，兩度獲邀於國父紀念館三樓藝術走廊，展出各體作品都在二千卷以上，並出版《懷湘墨緣》第二集，免費致贈參觀來賓。

淡江夕照

徐步扶欄淡海行，晚霞飄絮爽吟情。漁舟靠岸黃昏近，游子旗亭醉太平。

習書有感

右老草書精氣神，中華國粹賴傳薪。公臻化境難分瓣，我學無成徒苦辛。

筆走龍蛇師昔哲，紙騰猊驥法今人。利名不計靈臺靜，昕夕臨摹簡練頻。

詠　錢

電子來回借貸通，交流國際重金融。不勞姹女千回數，卻見銅山一夕空。

端午節

角黍飄香懷屈原，龍舟競渡弔忠魂。哲人處世留風範，要把汗青揚德門。

註：文天祥詩：「人生自古誰無死，留此丹心照汗青。」結句本此。

聞笛——聆陳建彰先生獨奏

書壇聯展大師蒞，笛奏落梅韻搖曳。悅耳悠揚遏碧雲，激昂斷續振心際。

臨帖

六六高齡始習書，朝朝簡練不曾疏。前人法帖揣摩後，篆隸眞行信筆紓。

聽濤（並序）

爲懷念蔡鼎公，書畫道友十四人，組成紀念會，每年集會兩次。此係出遊北濱三貂角憶寫。

夙夜思公十四人，聽濤象鼻趁晴晨。麈談書畫追懷舊，麋集鱣堂記憶新。
折桂蟾宮成不朽，騎鯨鯤海嘆歸眞。夢縈道貌情何限，結伴扶持步北濱。

詞選

如夢令——思親

懷念親人獨坐。忘卻自身飄墮。愁思恨綿綿，零淚潸然盈把。無那。無那。只是淒涼的我。

浣溪沙——甥兒來臺探舅公

萬里梯航渡海波。欣然相聚慰蹉跎。傾談契闊感懷多。　乍見甥來開口笑，驀聞親逝痛心窩。無情歲月淚崩何！

菩薩蠻——蘭州書展感憶

隴西自古雄藩地。如今騰踔如騏驥。文藝領風騷，武韜孰比高。　耆宿勞函電。個展行攜眷。開幕在明堂。平生書藝揚。

憶江南

多少恨，魂夢擾親情。買棹還鄉何日是？爹娘膝下淚縱橫。開眼到天明。

擣練子

思慮靜，感懷深。每欲摛辭作諫箴。無奈位卑人不重，躊躇何處表余心？

攤破浣溪沙——詠蘭州邀展四場

五度蘭州結伴行。四場個展日兼程。耆宿光臨勞月旦，受垂青。　鐵畫銀鉤空幻想，春蛇秋蚓博虛名。書罷換鵝吾豈敢，待來生。

鐘選

雲　海（三唱）

眼中雲霧遮巉巘，腳底海濤搖畫舟。

詩　畫（六唱）

花草扶疏饒畫意，風光旖旎富詩情。

聯選

自壽聯

九秩已忘年，濫竽塵世；高歌以自壽，舞綵兒孫。

題媽祖廟

恩覃廣眾慈雲覆，德被三臺法雨施。

蘇東坡

四皮，本名蘇東坡，筆名思齊，取自「見賢思齊」。六旬後，始學詩，改用「蘇齊」。號四皮。四，排行也；皮，臭皮囊也。文章，皆以「四皮」署名。

詩選

佛燈

龕內一燈疑似豆，神前佛側幽幽宿。伽藍寶殿放光明，貝葉金經賴參透。

秋山

舉目山楓漸泛丹，秋晴簾外影飄殘。重陽我在西風裡，紀節題糕未覺寒。

悲秋

西風乍起樹鳴蜩，綠葉催黃枝暗消。攬鏡難堪雙鬢雪，皇天不語歲來邀。

詠秋颱

桂花時節浪滔滔，驟雨狂風天怒號。莊稼離披偏受害，人車迴避免吹遭。
摧枯拉朽物多壞，杜漸防微心少勞。島國孤懸東域外，秋颱頻遇不能逃。

詩僧

青燈古佛伴終身，寺壁揮毫跡未陳。究理窮經觀貝葉，明心見性悟清眞。
皆空色相忘名利，嘯詠江山擅俊新。解脫三塗登十地，緇衣誰省是詩人？

註：(一)「三塗」，地獄、餓鬼、畜生。(二)「十地」，歡喜地、離垢地、發光地、燄慧地、極難勝地、現前地、遠行地、不動地、善慧地、法雲地。以上見《楞嚴經》及唐太宗〈聖教序〉。

聽濤

萬馬奔騰動地嚎，浙塘狂浪雪堆高。憑誰借得錢王弩，射退滔天百尺濤。

詞選

如夢令——同學會

憶昔多年相對。幾度晨來晚會。緣去散如星，今日欣然歸隊。須醉。須醉。舊侶幾人安在？

相見歡——醉酒

無端借酒穿腸。意茫茫。欲起仍攤、醉裡夢來長。　詩思斷。詞意亂。數翻揚。乍醒還酣、舊事躝心房。

浣溪沙——陽旱

赤日炎炎氣不和。水田漠漠映黃波。祈雲求雨漫蹉跎。
萬里魃臨禾潤少，千畦龜裂土乾多。甘霖不降奈天何！

憶王孫——午夏

炎炎夏日喜浮瓜。解慍披襟樂靡涯。行客汗流無處遮。數興嗟。他鄉雖好卻非家。

憶江南——憶秋夜

蘆花港，暗夜映天光。萬水千山新月淡，別番滋味上心房。船盪草中央。

攤破浣溪沙——淡蘭古道

乍見峰迴路又旋。迢迢古道石生泉。兩岸深林相掩映，水聲喧。
北往南來多苦面，上山下海半悲顏。走卒販夫眞歹命，幾時閒。

鍾選

中華（一唱）

華夏鍾靈人挺秀，蓬萊破霧嶺含幽。

風露（二唱）

金風撼樹臯魚淚，玉露迎秋杜甫詩。註：（一）《韓詩外傳》：「臯魚曰：『樹欲靜而風不止，子欲養而親不在。』」上聯本此。（二）杜甫〈月夜〉：「露從今夜白，月是故鄉明。」下聯本此。

梅柳（七唱）

春風得意葉舒柳，冬雪逢時萼破梅。

聯選

抒懷聯

恥十里洋場，笙歌達旦；讚一方志士，嘯詠通宵。

書齋聯

少小離家，幾度還鄉訪舊；耆年向學，何曾耀祖榮宗。

其二

種菜茹瓜，經年人自醉；吟詩作賦，累月稿存多。

旅遊聯

山徑林深夜靜，板橋霜重晨行。註：溫庭筠〈商山早行〉：「人跡板橋霜。」下聯本此。

其二

千山迎日出，一水接天流。

顧健民

一九四七年生，畢業於文化大學中國文學系、政治大學中國文學研究所。曾任教職、公職卅餘年。二〇一一年，習詩於張壽平（縵盦）先生，二〇一八年初，習詩於楊君潛（柳園）先生，以迄於今。

詩選

弈棋

客至手談何可無，登壇拜將握兵符。胸中布勢觀全局，指下敲聲保一隅。暫失城池成小劫，深藏韜略具宏圖。偃旗共舉清茶盞，燈下言歡影不孤。

筆花

錦繡文章五色開，天成藻彩不須裁。彼蒼無乃偏私甚，獨與江郎絕豔才。

詠錢

稱阿堵物似清高，呼孔方兄亦自豪。未必青蚨渠不愛，一飛惟恐竟逋逃。

詠鶴

仙家乘鶴鶴乘軒，故事流傳自可論。丹頂霜翎非俗物，舞風警露出塵樊。
孤山棲作幽人侶，遼海歸成隔世魂。地闊天遙任來去，何須位等大夫尊。

勸　農

九陌農夫面目黧，深耕易耨不知疲。轆轤井上如輪轉，布穀林間似鼓吹。
春雨無聲能潤物，南風有意正乘時。萬民終歲齊勤力，五穀豐登定可期。註：「南風」，《古詩源》引《家語》：「舜造〈南風〉之詩：『南風之熏兮，可以解吾民之慍兮；南風之時兮，可以阜吾民之財兮。』」

詞選

相見歡——七星潭晨景

東方乍見朝陽。綻金光。俄頃、滿天雲彩美泱泱。　波濤卷。風煙散。海鷗翔。更喜、鯨豚成隊戲滄浪。

其　二——春遊二子坪

陽春煙景堪遊。四山幽。望處、輕紅濃翠白雲浮。　二三子。桃源裏。共忘憂。等是、有緣垂老作良儔。

浣溪沙

吳越春秋事已湮。美人遺蹟久彌新。若耶溪水綠粼粼。
楊柳當風還嬝娜，牡丹含露更芳薰。館娃歸去五湖濱。

其　二——憶舊

哀樂無端憶舊遊。當時年少樂無憂。人間萬事等浮漚。
落月屋梁疑照影，暮雲春樹適添愁。思如流水幾時休。

虞美人——草

嬌花搖曳春風裡。南國誰堪比？娉娉嬝嬝一枝擎。恰似、楚腰纖細舞輕盈。
當年楚帳將身殉。千載留餘恨。佳人泣血染花紅。應是、於今猶自念重瞳。

註：「虞美人草」，《碧雞漫志》：「雅州（今屬四川）名山縣，出虞美人草。唱虞美人曲，應拍而舞，他曲則否。」姜夔〈虞美人草〉：「夜闌浩歌起，玉帳生悲風。江東可千里，棄妾蓬蒿中。化石那解語，作草又可舞。陌上望騅來，翻愁不相顧。」

憶江南

秋氣爽，天末碧雲微。何事西風吹客袖？故園黃菊老東籬。遊子正思歸。

鷓鴣天——夏日早行植物園

侵曉遙空一望明。輕衫布履且徐行。深林偶見晴光入，幽徑時聞好鳥鳴。
椰影動，水風迎。一池荷蓋正亭亭。人間自有清涼地，請看週遭綠意盈。

鐘選

人　天（三唱）

胸懷天下興亡事，心繫人間苦樂情。

文　酒（二唱）

杯酒兵權都到手，鴻文神思早羅胸。

詩　社（四唱）

百年瀛社流風遠，一卷陶詩餘韻長。

詩　畫（六唱）

觀畫先觀《名畫記》，讀詩必讀《古詩源》。

聯選

題岳王墓

氣壯山河，滿江紅吐元戎怒；霧籠天地，三字獄成千古冤。

題史可法祠

可泣可歌，作偉烈丈夫，一世英名留竹帛；
法天法地，行康莊大道，兩間正氣看梅花。

題杭州西湖

千載雲煙，幾度滄桑，留此好山好水；
四時風月，一湖寒碧，看他宜雨宜晴。

書房聯

讀史讀經，豈分剛日柔日；希聖希賢，何限窮時達時。

跋一

楊蓁

「愛群」並非以結社爲名，而是接續前指導老師，張壽平先生的愛群詩詞班，共同研修與創作的講堂。

先是，中華大漢書藝協會，禮聘柳園老師爲大漢詩社指導老師，由於柳師指導有方，數年後，大漢詩社名聲漸起，會外參與者日眾，乃改教學地址於延平南路梅門「大德」講堂。不多年，因場地等因素欲遷徙；適逢社教館吳朝滄詩友所登記之場地，即張壽平老師指導之愛群詩詞班，因張老年事已高，功成身退，乃由柳師繼述。於是大漢、大德暨前愛群班諸同學，得相聚一堂，共同切磋詩詞，絃歌不輟，一樂也！

尤可稱道者，由班長周忻恩、副班長蔡久義，所建立之愛群手機群組，或就景即誦、或感懷而詠，每日均有數十則逸詩、趣聯，詩文典故上傳；間有即興之作，或研討，或修正，或則推敲，相互磋磨之熱情可感。每晚閱讀手機，有如授課，喜不自勝，獲益良多。

初識柳師，於十數年前在此同一教堂。時由古典詩社舉辦「古典詩之研究與傳承」講座，始深識柳師學富五車，諸子百家，無不精通熟諳。且著作甚豐。尤以《柳園詩話》、《柳園聯語》等力作，均可作爲習詩作聯之工具書範本。尤可敬者，柳師謙謙雅範，循循善誘之教學精神。如每週搜集之講義，不論經史子集典故，二十四類詩腋精粹，均詳解緣起引喻，使習詩者，迅速進入詩題詩況，誠屬可貴。

愛群詩詞，近三年來，詩友創作甚富。本集僅就一年來之代表性創作。每位詩友，自選其詩、詞、鐘、聯合計二十首（副）以內，並請張秋梅詩友，辛勤打字成篇，繼由柳師校正篩選定稿，得以如期付梓。

綜觀愛群詩友，多已學有專精；或書、或畫、作詩塡詞，以至於曲調吟唱，課外均爲人師。卻欣然相聚一堂，聆柳師傳道、授業、解惑，相互追風、頌、雅。無他，只求內心潛性中，對眞、善、美，在其詩、書、畫成就中，更充分表述。既能暢言其志，又能傳承文化。是雅趣！是責任！是屬志！是風流！各得其逸興，至樂也。

跋二

顧健民

愛群詩詞班之成立，實昉自張壽平（縵盦）先生，早期於臺北市忠孝東路愛群大廈設班教授詩詞，一時四方來習者眾，蔚然稱盛。

後以故舉班遷至臺北市社教館（後改名臺北市藝文推廣處）繼續開課，門生亦景從不離。

本人於二〇一一年始習詩詞於中正紀念堂縵盦師「詩詞欣賞及習作」課，至二〇一七年縵盦師以健康因素辭該教席，專肆力於藝文處之授課，本人亦追隨先生受課，屈指算來，凡六載焉。

嗣縵盦師復以體力日衰（時已九二高齡），不得已而結束授課生涯。猶憶其時，良師將去，群生悵然，未知何從？幸有同門邀得楊君潛（柳園）先生移玉授課，併同大漢、大德詩詞班同學，仍沿「愛群」之名，爾來復近二載矣。柳園師亦老於詩學者，觀其著作甚夥，於詩學理論及創作均燦然可觀，且授課有方，循循善誘，而其人即之也溫，若謙謙君子，所謂春風化雨，殆即是也。

斯輯之編也，蓋由柳園師有感於門生孜孜學習，日有進境，朞年以來，積稿已多，遂有裒集成冊，以資紀念之倡。同學亦翕然從之，樂觀其成。

嗣即展開編印事宜，於柳園師之指導下，蒐集作品，商定體例，按部就班，釐然有序，計日程功，漸底於成。則斯編之作，乃師生齊心協力之成果，誠可貴矣！

本人以身沐「愛群詩詞班」前後二師之陶育，感念良多。茲受命於柳園師，作此跋語，蓋以敘其事之原委，俾覽者有以參考焉。

顧健民　謹記

愛群詩選 第一集

文化生活叢書
愛群詩詞叢刊1301B01

主　編　楊君潛
責任編輯　張晏瑞、陳胤慧
發行人　陳滿銘
總經理　梁錦興
總編輯　陳滿銘
副總編輯　張晏瑞
編輯所　萬卷樓圖書股份有限公司
排　版　游淑萍
封　面　菩薩蠻數位文化有限公司
印　刷　森藍印刷事業有限公司
發　行　萬卷樓圖書股份有限公司
臺北市羅斯福路二段四十一號六樓之三
電話 (02)23216565　傳真 (02)23218698
香港經銷　香港聯合書刊物流有限公司
電話 (852)21502100
傳真 (852)23560735
ISBN　978-986-478-337-3
二〇二〇年一月初版一刷
定價：新臺幣二八〇元

愛群詩選　第一集

國家圖書館出版品預行編目資料

愛群詩選　第一集 / 楊君潛主編 .-- 初版 .-- 臺北
市：萬卷樓, 2020.01
　面；　公分.
--（文化生活叢書 · 愛群詩詞叢刊；1301B01）
ISBN 978-986-478-337-3（平裝）

831.86　　108022627

愛群詩選

第一集